Découvrez l'histoire par les archives de presse

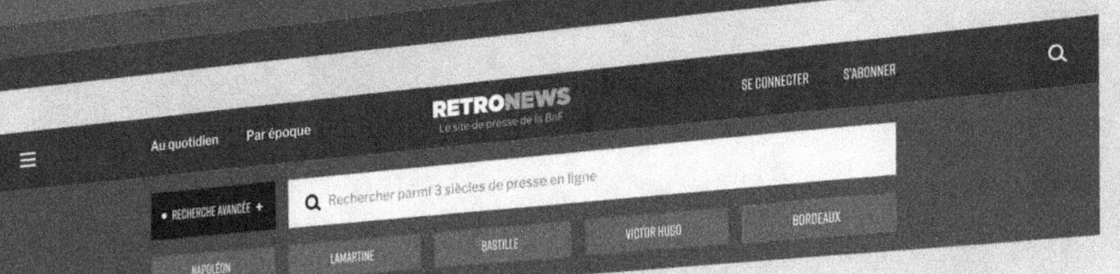

RETRONEWS

Le site de presse de la BnF

www.retronews.fr

Tome Ier. — 1re Année

REVUE

NOUVELLE

1er Décembre 1863

SOMMAIRE DE LA 1re LIVRAISON

PARIS

AUX BUREAUX DE LA REVUE NOUVELLE

17, Rue Saint-Benoît, 17

En déclarant notre intention de publier la REVUE NOU-
VELLE, nous nous sommes engagés, « aux termes du dernier
paragraphe de l'article 6 de la loi du 18 juillet 1838, » à rester
« étrangers aux matières politiques et d'économie sociale. »

Nous tiendrons loyalement notre parole, nous bornant à traiter
les questions d'art et de littérature les plus vivantes et les plus
sérieuses, jusqu'à ce que l'autorisation de publier un recueil
politique nous soit accordée. Nous avons, d'ailleurs, la ferme
intention de nous soumettre, le plus tôt possible, au timbre et
au cautionnement, afin de pouvoir donner à la REVUE NOU-
VELLE une allure plus libre.

Nous croyons qu'une Revue sincèrement acquise aux nouvelles
idées littéraires peut et doit réussir dans toute la Jeune France,
et surtout au quartier latin.

Pour assurer le succès de cette œuvre, à laquelle nous nous
dévouons cœur et âme, nous comptons sur tous ceux qui, parmi
la Jeunesse, gardent encore aujourd'hui l'ardent amour du vrai,
du juste et du beau.

LE RÉDACTEUR EN CHEF,

ALBERT COLLIGNON.

REVUE NOUVELLE

NOVEMBRE 1863

LE PAYS LATIN

Terre où la vie encore
A des lueurs d'aurore
Comme un brillant matin,
    Pays latin!

Dans Paris qui se blase,
Seul, pays de l'extase,
Tu gardes ta saveur
    Pour le rêveur.

Tu n'as pas, dans un antre,
Des boursiers au gros ventre
Parés exprès pour toi
    Par Dusautoy;

Tu n'as pas, faisant halte
Sur le bord de l'asphalte,
Des troupeaux de Phrynés
        Enfarinés;

Tu n'as pas, comme Asnières,
Des lions sans crinières,
Buvant à ciel ouvert
        Le poison vert;

Mais tu vis, mais tu penses!
Tu songes, tu dépenses
Tes jours dans un charmant
        Enchantement!

Tu dis qu'en tes demeures
Le jour n'a pas trop d'heures
Pour la pensée et pour
        L'immense amour.

La jeunesse est ta grâce :
Tu chéris comme Horace
La flamme du vin vieux
        Et des beaux yeux.

Toutes les belles choses,
Les poëmes, les roses
Charment ton peuple, épris
        Des grands esprits,

Et jamais il ne cesse
D'adorer la déesse
Liberté, dont l'œil fier
    Lance un éclair.

Aime, travaille, ô terre
Jeune, fidèle, austère :
L'avenir, ce témoin,
    N'est pas si loin!

Terre aux ardentes séves,
Tu feras de tes rêves,
Pour les déshérités,
    Des vérités !

Mais jusque-là conserve
Tes beaux espoirs, ta verve
Et ta soif d'infini,
    O coin béni !

Nul mieux que toi n'aspire
Le radieux sourire
Et le regard vermeil
    Du grand soleil ;

Ton parc entouré d'ombre,
C'est ce Luxembourg sombre
Plein d'oiseaux querelleurs
    Et plein de fleurs ;

Tes poëtes, divine
Race, qui te devine
Et qui lit dans ton cœur
    Tendre et moqueur,

Ce sont ceux dont la femme
Ravit et brise l'âme :
C'est Musset isolé
    Et désolé,

C'est Murger, sous les branches,
Tressant des roses blanches
Pour le front endormi
    De sa Mimi !

Tes femmes, douces fées
De leurs cheveux coiffées,
Sans joyaux ni satin,
    Pays latin,

Montrent, dans leur délire,
Les blanches dents du rire
Et les lis éclatants
    De leurs vingt ans.

Ris dans la triste ville,
Cher et suprême asile
Des fécondes leçons,
    Nid de chansons !

Toi seul, avril en fête,
Héraut, lutteur, poëte,
En ce temps envieux
    Tu n'es pas vieux !

En vain, des sots — qu'importe ! —
Disent : « La France est morte
Pour le divin combat. »
    Non, son cœur bat !

Tandis que ces ennuques,
En leurs fureurs caduques,
Voudraient murer le beau
    Sous un tombeau,

Garde tes saintes fièvres
Au cœur, et sur tes lèvres
Ces mots : Justice, jour,
    Progrès, amour !

THÉODORE DE BANVILLE.

L'ENTERREMENT D'UN ILOTE

C'était pour neuf heures.

Celui qui était mort m'avait dit l'autre semaine, goguenardant :

— Vous, Parisiens, vous mangez de bons morceaux, ce qui n'empêche pas que vous êtes toujours pâles comme l'aube; nous autres, qui ne sommes pas habillés en monsieur, nous ne mangeons que la soupe aux choux ou aux haricots ; admirez comme nous nous portons bien. A Paris, on ne se fait pas vieux. Ici, nous labourons, nous aimons la terre et notre femme, et nous les travaillons encore ferme toutes les deux à quatre-vingts ans, et nous gagnons de l'argent joli et jaune comme le soleil, de l'argent que nous ne mangeons pas. Ça fait vivre longtemps de serrer les sous. Le vaillant, qui s'amasse de la *viande*, a la mort dure.

— Vous parlez de la mort un vendredi, dis-je en souriant, prenez garde !

Le paysan ôta son chapeau à larges bords, pareil à ceux que portent les villageois de Rosa Bonheur, et s'étant signé dévotement :

— La mort est coïonnée, fit-il avec conviction. Au nom du Père, du Fils et du Saint-Esprit! je vous souhaite la bonne journée suivie de bien meilleures. Salut! monsieur.

Le surlendemain, quelqu'un vint à passer à La Lande, qui dit :

— Je vais à *Toco-l'Ase* (Touche-l'Ane) annoncer à La Fayette, *lou metse* (mage, mire, rebouteur, empirique), que *Sarro-Biassos* (Serre-Sacs) est bien malade.

— Qui est-ce Sarro-Biassos?

— Macarit.

— Macarit de Saint-Carnus de l'Ursinade?

— Macarit de Saint-Carnus, oui ; Sarro-Biassos.

Bien que le mage eût suspendu au cou du malade un sachet contenant de la bouse de vache en gésine, une dent de truie, l'oreille d'une hase, une patte de calandre, le fiel d'un jars, le bec d'une cane, des soies de laie et de verrat, un peu de corne de génisse, une limace, le malade mourut de la fièvre typhoïde. Je fus invité à la sépulture. Certes, je me serais gardé d'avouer que, quelques jours avant, j'avais dit à Macarit qu'il était dangereux de parler de la Mort un vendredi. J'eusse été accusé d'avoir le *mauvais œil*. Et gare alors le fusil et la faux, et le pal de cornouiller, la nuit sous bois ou dans les gorges. La superstition trône en Quercy. Guerre à qui y touche ! Elle est reine et reine redoutée. Malheur au régicide ! Grands et petits, vieux et jeunes, hommes et femmes, tous frissonnent et pâlissent si une salière est renversée sur la table, un jour de jeûne, surtout en carême, si on trébuche un treize, si le coq pond des œufs où il y a *des serpents de l'enfer*, si les chiens aboient à la lune, si les bœufs regardent le curé, les moutons le maire, si un coup de vent fait voler un chapeau dans un vivier, s'il tombe une goutte de pluie sur l'œil gauche d'un garçon, sur l'oreille d'une *vierge*, sur les anneaux de mariage, si les chats aiguisent leurs ongles à l'écorce d'un noyer ou d'un peuplier de la Caroline, si les corbeaux se mettent sur le dos au milieu de l'aire, si les pies vous suivent en longeant les buissons de la route, si le porc se vautre dans l'auge, si une araignée voyage dans le bonnet de nuit, un ver dans les sabots. Quand une de ces choses-là arrive, celui qui en ferait la remarque serait tenu pour un *raillaïre del Drap*, — confident du diable.

L'enterrement de Sarro-Biassos devait avoir lieu à neuf heures. Bien avant, je me dirigeai vers les hauteurs de Saint-Carnus et les gravis, paresseux comme un ami de la nature qui aime entendre et commenter les chansons des oiseaux et des brises, suivre et étudier les jeux de l'ombre et de la lumière à travers l'épaisseur des fourrés et le long des chauves collines; — qui aime à saluer au détour des sentiers les cimes et les abîmes, à interroger les cabanes soudaines, à se recueillir devant ces splendeurs forestières et rustiques qu'un rien agite, anime, secoue, rend vivantes sous le ciel limpide, mais toujours impénétrable, ironique, insolent, éternellement jaloux de laisser entrevoir les mondes qu'il contient, la force qui les meut, l'esprit qui les ordonne, l'âme qui s'y épand, le dieu qui y est... ou qui n'y est pas. Debout sur un mamelon, j'aspirais l'air à grande poitrine. Au loin, du côté des Espagnes, j'apercevais les longues déchiquetures et les ondulations graves des crêtes pyrénéennes blanches dans l'infinité de l'azur; sous moi, les forêts chantaient des hymnes, les torrents crachaient leurs colères et leurs salives contre la sérénité des cieux, la terre soulevait ses innombrables mamelles où l'Homme insatiable est toujours suspendu... Lorsque je voulus supputer les origines, les forces et les bornes de ces magnificences sur qui je planais, mon âme inquiète ne voulut pas m'avouer que c'était du Néant qu'elles étaient chues. Je descendis la colline. Alourdis par l'éclat des horizons, mes yeux se reposèrent sur le vert mat des trèfles où se détachaient les corsages et les ailes omnicolores des papillons et des demoiselles. A chaque pas me souriaient les épanouissements de la nature; à chaque pas sa voix me disait : « Halte! Poussée sur un sol dont les poussières calcaires brillent aux rayons du soleil comme les paillettes que roulent les eaux californiennes, une vigne projetait en désordre ses pampres inextricables et touffus qui s'en allaient rampants; à la réverbération des graviers, la ramure encore chargée des rosées aurorales resplendissait ainsi qu'une végétation de cristal. Des vendangeurs en pantalons de toile, pieds nus, tête et poitrine nues, riaient en coupant le raisin; parfois ils interrompaient leur besogne pour lutter amoureusement avec de brunes filles uniquement revêtues de jupons de cotonnade plus courts et moins ornés que ceux des danseuses d'opéra. Les voyant, la censure eût peut-être provoqué un décret déterminant ce que l'étoffe doit cacher et ce qu'elle peut laisser apercevoir. Tour à tour, elles venaient vider leurs paniers d'osier dans des cuviers maintenus par des câbles sur le char à bœufs. Ce soleil rayonnant la vie sur la terre, cette terre toujours en travail et toujours saillie, ces hommes maigres et hâlés qui ressembleraient à des moines de Ribeira si les moines de Ribeira savaient rire, ces vierges aux poses majestueuses comme des druidesses coupant le gui sacré, mais qui ne sont que de belles femelles curieuses et peureuses du mâle, ces bœufs ruminant solennels et calmes comme des olympiens digérant l'ambroisie; ces ormes et ces châtaigniers secouant leurs panaches de verdure et faisant danser sous eux l'ombre comme un voile : toute cette poésie m'avait ému et j'avais oublié où j'allais.

Un passant cria :

— Ohé! Farminières, ohé! tu vendanges? tu ne vas donc pas à l'enterrement de Sarro-Biassos ?

Le vendangeur répondit :

— Je n'ai pas le temps. Le raisin est mûr, il faut le couper.

— Toi qui étais si ami avec le *cadavre!* car, je ne crois pas me tromper, vous viviez toujours ensemble, vous étiez grands amis et même un peu cousins...

— Nous étions amis et aussi cousins par les mères, tu dis la vérité. Je le plains beaucoup, je dis aussi la vérité. Nous avons fait la première communion le même jour, nous avons tiré au sort la même année, nous nous sommes mariés la même Saint-Martin ; — mais le raisin est mûr. Si encore je pouvais le faire revenir, je me dérangerais bien une petite heure ou deux... mais il est mort. Il faut laisser les morts *vivre* tranquilles.

Après avoir entendu ces paroles, je m'acheminai tristement vers la maison du défunt. Quand j'y arrivai, une quinzaine de personnes, hommes et femmes, y étaient réunies en deux groupes.

Les hommes disaient :

— Ce pauvre Sarro-Biassos n'avait pas encore vendu sa récolte. Il en aurait eu un joli denier. Ses maïs sont les plus beaux qu'il y ait à vingt lieues à la ronde. Son blé était si crâne *que ça faisait trembler*. Il quitte quarante doubles quartonnats de terre. Son *affaire* marchait bien. Il ne devait rien à personne. Ses héritiers se peuvent caresser le ventre ; ils sont bien heureux. Il y en a beaucoup qui voudraient être à leur place.

Les femmes gémissaient :

— Que le bon Dieu repose Sarro-Biassos ! C'était un homme comme il faut et des premiers. C'est lui qui ne jetait pas *les argents* par les fenêtres ! On ne le voyait jamais au café ni au cabaret. Il aurait partagé un liard par le milieu. Il n'a jamais donné un grignon de pain à qui que ce soit. Il n'aimait pas les mendiants qui sont des bayeurs aux pies et des galopeurs de merles blancs. Chacun pour soi, disait-il. Quel brave homme ! Les mauvais restent et les bons partent. Il serait mort de faim pour économiser. Il n'avait pas encore cinquante ans. *Pecaïre !* que la sainte Vierge et les anges du paradis ne le laissent manquer de rien.

Une charrette attelée d'une mule piteusement harnachée, laquelle avait des traces de feu à une épaule et à ses quatre jambes arquées et fourbues, vint se placer entre la mare où barbottaient effarouchés et trompetants des canards et des oies, et le bâtiment en terre crue où était le mort. Vêtu des pieds à la tête de siamoise bleue, son chapeau-matelot entouré d'un crêpe tout au plus large de deux centimètres, un paysan s'approcha de celui qui conduisait la charrette. Il cria quatre ou cinq noms ; ceux qu'il appelait se détachèrent du groupe où ils péroraient et vinrent à lui. Il s'agissait de hisser la bière sur la charrette. Une discussion ou plutôt une dispute éclata. Les planches du cercueil mal jointes laissaient filtrer du sang, du pus, la pourriture du corps qui avait craqué et se désagrégeait ; ce ne fut qu'après de très-hurlantes controverses que l'on décida qu'il fallait mettre de la paille dans le lit

de la charrette, et la bière sur la paille. Non loin de la mare, il y avait
une meule de chaume de seigle non haché. Un homme y courut. Il en
revenait chargé, lorsqu'il fut assailli de la sorte :

— Tu es fou, Pacard! que nous portes-tu là? On voit, *aux yeux
voyants,* que ce n'est pas ton bien que tu gaspilles. Laisse là ce seigle.
Va dans l'étable. Prends-y des fanes dont nous faisons litière au
bétail. Elles seront bien assez bonnes pour ce que nous en voulons faire.

Celui qui parlait ainsi était un fils du mort.

La charrette mortuaire, flanquée de deux chiens déchirant l'air de
sauvages complaintes, — témoignages de douleur plus sincères que
nombre de *De profundis* que j'ai entendus, — la charrette ouvrait la
marche. Nous descendîmes un étroit chemin raboteux, tout gercé de
crevasses et de fondrières, bordé de haies derrière lesquelles apparais-
saient tout à coup comme des sphynx de grands bœufs blancs et roux
aux yeux équivoques. Glissant, trébuchant, acculée à l'avaloir, tant la
pente était escarpée, la mule dégringolait. Le fer de ses sabots faisait à
la terre d'inégales déchirures. La caisse se cognait aux traversés du
chariot et le cadavre se cognait aux parois de la caisse. On l'entendait.
Les paysans causaient paisiblement de la taille et des batteuses à vapeur
qui ne *valent* pas les fléaux. D'une voix dolente, les paysannes se
racontaient que les dernières inondations du Lembous, du Lemboulas
et de l'Anet avaient enlevé presque tout le chanvre du pays. Quelques-
unes d'entre elles insinuèrent que c'était bien désagréable de perdre
un *journal* pour accompagner un mort dans l'autre monde. Il fut
répondu que la perte de la journée serait atténuée par la *mangeaille*
qui serait offerte après *verbes et chansons* par les héritiers de Sarro-
Biassos, sans qu'il en coûtât à personne le *moindre rien de la poche:*
on avait fait bouillir du riz avec une cuisse de la vache du *Palissaïre,*
morte la veille en vêlant ; une pipe de vin avait été mise en perce. Forcé
d'écouter tout cela, j'étais dans une situation d'esprit que je ne saurais
analyser sans péril, parce qu'elle côtoie le grotesque. Ainsi, moi qui
ne crois pas à Satan, je me disais que je voudrais bien l'être et que, si
je l'étais, je châtierais avec des verges de salpêtre et de fer toutes ces
brutes jacassant autour de moi, insultant à la solennité de mort par
leur cynisme, blasphémant Dieu en le faisant intervenir à tout bout de
champ dans une question de semailles ou de placements sur premières
hypothèques à cinq pour cent. Puis je me demandais si je n'errais pas
dans un cauchemar où roulaient confondus une foule de gnomes :
nains désarticulés, griffus, velus, noirs ; géants bouffis et visqueux, à

mains incalculables, fouillant sans cesse, pour s'assurer qu'il était suffisamment rempli, leur immense boyau intestinal.

A une bifurcation de routes où, sur une sorte de piédestal en maçonnerie, pourrissait une croix de bois, se tenait un prêtre en chasuble noire lamée d'argent, le goupillon d'une main, le rituel de l'autre. Le premier paysan venu, affublé d'une soutane, d'un surplis, d'une étole, d'une chasuble, eût présenté la même physionomie que ce prêtre. Aujourd'hui le clergé, surtout le bas clergé, se recrute en pleins champs ; le paysan vise le presbytère pour son fils, comme il visait hier et comme il vise encore *une borde* à fils unique pour sa fille, qu'il déshéritera après l'avoir bien placée. Quoi d'étonnant alors si l'on retrouve dans les traits des nombreux desservants des paroisses campagnardes, des lignes, des contours et des rides héréditaires où on lit : astuce, étroitesse, lucre, égoïsme ? Conduit par *monsieur le curé*, le convoi pénétra dans l'église que, n'eussent été ses triglyphes, ses architraves portant sur quatre piliers en tuiles cuites, et son clocher plat triangulaire, perforé et garni d'un beffroi et de deux petites cloches à carillon, j'aurais prise pour une grange ou une caserne de banlieue. Brusquement se produisit une chose singulière. A peine eurent-elles passé le seuil du temple, les femmes se mirent à pousser des lamentations déréglées que je ne pouvais aucunement m'expliquer, eu égard à la parfaite indifférence qui jusque-là ne les avait pas abandonnées. Les hommes, écarquillant les yeux, s'agenouillèrent. Bientôt leur visage revêtit un effarement qui m'eût inquiété si je n'avais enfin découvert que la grimace qu'ils avaient si bien exécutée et immobilisée sur leurs faces n'était autre chose que l'expression congrue des âmes profondément affligées, tel qu'il convient, non pas qu'elles le soient, mais qu'elles le paraissent dans la maison du Seigneur Tout-Puissant, qui tient dans une main les océans pour noyer les céréales, et dans l'autre les soleils pour les mettre à feu et à flamme, — à la grande peur et ruine des pauvres paysans, *bons enfants comme des moutons, sages comme des images*, qui iront se confesser à la Toussaint, à la Noël, à Pâques, à la Pentecôte, et *toutes fois et quantes* qu'on voudra bien les absoudre d'avoir laissé crever de faim leurs femmes, leurs enfants, — et les mendiants qui pourraient travailler, mais qui préfèrent se chercher les puces et les pous à l'ombre des chênes, ces fainéants ! alors que ceux qui ont bien gagné ce qu'ils ont, labourent et fauchent, et bêchent et piochent, et *rament la galère* à la rage des *midis*. A voir ces têtes d'hommes conventionnellement contractées, à entendre ces sanglots et ces cris de chipies, qui rencontraient des croassements de corbeau et des larmes de crocodile, je me sentis le cœur malade. J'eus envie de sortir de ce lieu où tous mentaient, hormis les chiens de garde accroupis, fauves, éperdus, hagards, effarés, galeux, formidables, magnifiques, l'un à gauche, l'autre à droite du cercueil. Braves bêtes, — vrais amis, — elles avaient une âme, elles, du moins !

J'allais me retirer, lorsque mes yeux furent arrêtés par un tableau placé dans le chœur, à la droite de l'autel. La toile avait de la valeur. Le dessin en était correct. L'opposition des couleurs, la violence des harmonies indiquaient une bizarrerie de caractère, très-bien servie d'ailleurs par une grande justesse de main. Examinant l'œuvre plus attentivement, et de plus près que je ne l'avais fait, je parvins à me convaincre que, lorsqu'il l'avait exécutée, l'ouvrier devait en être aux tâtonnements et aux incertitudes du style ; il n'avait pas encore trouvé sa manière : si l'emphase des tons, la chaleur du coloris, l'audace des touches, l'exagération heureuse des ombres, l'antithèse sarcastique des personnages me disaient clairement qu'il s'était enrôlé sous le drapeau romantique, je ne pouvais pas non plus ne pas reconnaître qu'il avait dû pratiquer, à une époque antérieure, selon les règles d'une autre école, car je retrouvais dans son travail, un peu partout, ce roide convenu de David, vainement masqué et travesti par celui qu'on baptise tantôt sentencieusement, tantôt épigrammatiquement : RAPHAEL II. Le tableau portait cette légende : *Apparition de Marie à Sa Majesté Très-Chrétienne le roi de France et de Navarre Louis XV le Bien-Aimé.* Je n'oserais pas affirmer que la toile de Saint-Carnus de l'Ursinade soit une satire dirigée contre l'auteur du *Vœu de Louis XIII*, je dirai seulement que le roi paillard, couvert du manteau fleur de lisé, à genoux devant la Vierge des vierges, me fit songer obstinément à *Henri IV fils*, tendant les bras vers *Mater Dei*, comme un Romain vers une Sabine. Je cherchai minutieusement, sur les murs blanchis à la chaux de l'église, le pendant de la toile du romantique anonyme, je ne sus y voir qu'un grand crucifix et un *Chemin de la croix*. L'*Ecce Homo* du crucifix ne saurait être décrit que par un professeur d'ostéologie. Quant au *Chemin de la croix*, un charpentier, sans doute, ou un entrepreneur de bâtisses, en avait peintureluré les *Stations*. Gigantesque, barbu et chevelu comme Mérovée, le Nazaréen se mouvait au milieu de cinq ou six légionnaires nés en Lilliput. En vérité, on se demandait comment ces pygmées à boucliers et à casque avaient réussi à garroter, comment ils conduiraient au Golgotha le colossal Emmanuel, tout autrement taillé

que Gulliver, dont la capture exigea pourtant quelques millions d'*ho-
munculi*. Comme parfois la pensée vagabonde! A force de considérer
les XIV Stations de la Croix, j'en arrivai à les comparer au XII Travaux
d'Hercule. Ce n'était pas ma faute, c'était celle de l'entrepreneur de
bâtisses : Alcide ne portait pas plus fièrement sa massue et sa peau de
lion, que Christ ne portait sa croix et sa tunique. Et puis enfin le fils
d'Alcmène et le fils de Marie procèdent l'un et l'autre de deux Pères
Eternels : Jupiter et Jéhovah. Ainsi, disais-je, comme retentit le *Dies
iræ!* Le curé et son chantre, petit gars presque nu, sale, haut sur pattes,
avaient des voix si variables, qu'en moins d'une minute je crus entendre dix soprani et dix contralti. A chaque verset du terrible psaume
les voix alternaient. Si la Marguerite du docteur Faust, elle qui se
plaignait que ce cantique « la déchirait jusqu'au fond du cœur, » eût
entendu le *Dies iræ* à Saint-Carnus de l'Ursinade, la divine fille du
pays harmonieux des Gœthe, des Beethoven et des Mozart eût ajouté :
N'est-ce pas assez de déchirer mon cœur, pourquoi déchires-tu mon
tympan, charivari inexorable? Tout à coup, je retombai en plein dans
la réalité d'où un instant je m'étais enlevé. La messe était dite. Debout
sur la troisième marche d'un escalier de pierre, — laquelle est de
plain-pied avec les dalles du chœur séparé de la nef par une grossière
balustrade de chêne peinte à l'ocre rouge, — le prêtre, un plateau
d'étain d'une main, un crucifix d'ivoire de l'autre, attendait qu'on se
présentât à l'offrande. Un mouvement d'hésitation se manifesta parmi
les paysans. Ordinairement avant la messe, chacun des assistants reçoit
du sacristain, et à défaut de sacristain, des mains du curé lui-même,
un sou pour donner à l'offrande. Cette distribution, toujours aux frais
des héritiers du mort, n'avait pas été faite. Le prêtre s'agitait. Les
paysans n'avançaient pas. Il étendit les mains. Personne ne bougea.
Seuls, comme s'ils eussent compris les signes et l'appel du curé, les
chiens rampèrent jusqu'à ses pieds. Ma parole d'honneur! j'eusse donné
le Christ à baiser à ces chiens, si j'avais été ce prêtre catholique. Il ne
put comprimer son indignation plus longtemps et s'écria :

— Venez donc! Ça ne coûtera rien. Je vous dispense du SOU!

Alors, confits en pleurs, anguleux, félins, obliques, ambigus, louches,
béants, hideux, baragouinant et mâchant des patenôtres et des *ave*
romano-gascons, ils s'approchèrent. Ils collaient leurs bouches sur le
Crucifié comme s'ils allaient expirer dans le ravissement et l'extase,
rendre l'âme en béatitude, ces grigous! Les femmes prenaient toutes
les attitudes de Rosette Tamisier. Après cela, — mes entrailles grondaient

de colère, — après cela six hommes, à l'aide de deux barres passées horizontalement dans des rondelles d'osier que le charpentier qui avait équarri et ajusté les planches de sapin y avait assujetties, soulevèrent le cercueil. Un bossu, Quasimodo subit, accroché aux cordes qui mouvaient les cloches, s'élança. Son corps, enlevé du sol et y retombant comme un paquet à chaque branle, se trémoussait au-dessus des têtes, au milieu des loques, avec des tressaillements et des clameurs qui faisaient je ne sais quel bruit d'ailes, je ne sais quelle plainte de détresse. Au son des cloches lancées à toute volée, nous sortîmes de l'église; nous gravîmes un monticule derrière lequel, à une profondeur de vingt mètres, le cimetière est englouti. Il avait plu à torrents la veille. Ceux qui portaient le corps s'enfonçaient dans la boue jusqu'au ventre. Le fossoyeur prit le prêtre sur son échine et le déposa sur une pile de cailloux. Là fut dit le dernier *De Profundis*. Les chiens du mort nageaient dans la fange liquide. Vainement ils tentèrent de s'engager dans la fosse à moitié pleine d'eau jaunâtre, où la bière disparut bruyamment en faisant rejaillir sur nous une pluie d'éclaboussures. Je ne sais combien de temps je restai là, immobile devant la tombe de ce malheureux que personne n'avait jamais aimé : ni l'aïeul, ni l'aïeule, ni le père, ni la mère; que personne ne regrettait : ni l'ami, ni le frère, ni l'enfant, ni la femme. Malgré moi, je levai mon front, comme si j'eusse voulu traverser du regard ce dôme de nuées où se cache, où doit être l'Eternelle Justice; mais ce n'était pas mes yeux qui cherchaient là-haut, c'était mon âme qui s'y élançait avec ses ardeurs toujours déçues. Le ciel ne laisse rien voir, rien pénétrer, rien !

Quand je sortis du cimetière, je vis trois hommes en pourparlers.

L'un d'eux avait cette allure-Loyola que Chilly prête à Rodin.

— Voilà ce que c'est, dit-il.

— Monsieur le notaire, répondit-on, quant à moi je sais bien que je n'ai pas foi en l'Aîné, et toi, Second?

— Ni moi non plus, monsieur le notaire, pas de foi pour la moitié d'une *liarde* coupée en trente-six milliards de morceaux.

— Eh bien, que voulez-vous, mes pauvres enfants? dit le notaire; vous avez bien tardé à mettre les scellés.

— C'est que ça coûte beaucoup les scellés !

— Si vous préférez qu'on vous vole tout...

— Mettons les scellés !

— Il y a des formalités... nous les mettrons demain.

— Aujourd'hui ! aujourd'hui !! aujourd'hui !!!

Je me tais. Une ligne encore cependant : parmi ceux qui auront lu les scènes précédentes, quelques-uns se diront peut-être : « Puisqu'il y a en France des pays où les hommes sont ainsi faits, il faut travailler à les changer. » C'est *humain*. C'est NÉCESSAIRE. C'est JUSTE.

LÉON CLADEL.

RONDEAUX PARISIENS

I

Les petites Bottes

Ce sont de petites bottes qu'elle a mises le jour où elle s'est habillée en homme; elle avait pris ce déguisement pour aller s'égarer, s'égarer Dieu sait où!

Je les ai placées dans une niche de plâtre, derrière un treillis d'or, ces chaussures mignonnes; et si un visiteur : Monsieur, qu'est-ce que c'est que cela? — Monsieur, ce sont de petites bottes qu'elle a mises.

J'avais toujours cru qu'elle ne me quitterait jamais; mais les femmes changent d'amour parfois, chers petits cerveaux écervelés! et je suis seul maintenant à me rappeler le jour où elle s'est habillée en homme.

Nous étions très-pauvres, ce jour-là, mais nous étions très-joyeux. Ah! les jolies dents et le bel appétit qu'elle eut à déjeuner dans l'humble crèmerie de la rue Saint-Jacques! Elle était toute candeur et tout amour. Hélas! elle avait pris ce déguisement !

Voici trois ans qu'elle est partie, et moi, chaque soir, avant de m'endormir, je m'agenouille devant la niche de plâtre, et mon rêve chausse les petites bottes de la disparue, pour aller s'égarer, s'égarer Dieu sait où!

II

Les Neiges noires

Comme Paris est vilain par un temps de dégel! les filles qui passent piétinent dans la boue; oh! la mélancolique chose!

Les balayeurs, à chaque coin de rue, ont élevé des tas de neige où la roue des fiacres trace des sillons noirs ; comme Paris est vilain !

Sur le boulevard Montmartre, les femmes avilies, parfois belles encore, sourient péniblement ; elles portent des pantalons et des socques, ainsi qu'il sied par un temps de dégel.

Et cependant cette neige aurait voulu s'étendre et resplendir inviolée ; elle n'était point faite pour être amoncelée au coin des rues, tandis que les filles qui passent piétinent dans la boue.

Et ces femmes elles-mêmes n'étaient point destinées à cet abaissement profond ; mais l'homme foule tout aux pieds, les neiges et les femmes ; oh ! la mélancolique chose !

III

Fleur-de-Lotus

Déesse à la belle chevelure, chante le combat de Fleur-de-Lotus avec une ingénue du Théâtre du Luxembourg. Quel Dieu jaloux troubla la paix de leurs âmes ? Ce fut Éros, qui triomphe des vierges.

L'amant de Fleur-de-Lotus a loué une loge à l'année dans la salle de M. Gaspari. Vainement il prétexte un goût immodéré pour la littérature. Fleur-de-Lotus a des pressentiments. Déesse à la belle chevelure, chante le combat de Fleur-de-Lotus !

Après avoir immolé deux corneilles sur l'autel d'Hécate qui protège les vengeances, Fleur-de-Lotus, nocturne et farouche, rencontre l'infidèle qui revient de la Closerie des Lilas avec une ingénue du Théâtre du Luxembourg.

Le lendemain un cliquetis d'épées fait tressaillir l'écho de Fontenay-aux-Roses. Les deux belles jeunes femmes ont croisé le fer sous les arbres, et les Faunes peureux s'écrient en fuyant : « Quel dieu jaloux troubla la paix de leurs âmes ? »

La criminelle ingénue se laisse choir inanimée. Oh ! la belle goutte

sanglante sur la pâleur du sein ! Fleur-de-Lotus que la haine aban-
donne, presse et baise elle-même la blessure de sa victime. Et qui
donc ricana parmi les arbres? Ce fut Éros, qui triomphe des vierges !

IV

Madeleine

De lourds soucis grouillent au fond de moi, comme des crapauds dans
un cloaque herbeux. Je serai guéri de mon mal quand Dieu m'aura
guéri de la vie !

Depuis que ma maîtresse est partie à Versailles, je n'aime plus la
musique et j'aime moins les vers ; de lourds soucis grouillent au fond
de moi.

Je suis allé trois fois au cimetière Montmartre : la dernière fois, il
m'a semblé que les morts coassaient sous la terre comme des crapauds
dans un cloaque herbeux.

J'ai lu de mauvais vers sur une tombe. Je ne voudrais pas qu'on
écrivît de mauvais vers sur ma tombe. Cependant je voudrais être mort,
car alors je serais guéri de mon mal.

La douleur m'a rendu méchant, le désespoir m'a rendu athée. Je ne
ferai plus l'aumône à la vieille cul-de-jatte qui mendie chaque soir au
coin de la rue de la Chaussée-d'Antin, et je croirai en Dieu quand Dieu
m'aura guéri de la vie !

V

La Tasse de Chine

C'est une petite tasse en porcelaine de Chine, toute petite et si légère,
ah! si légère ! Tulipe me baiserait si je la lui donnais, la petite tasse
en porcelaine de Chine qui décore ma cheminée.

Des mandarins prennent le thé dans des kiosques multicolores; des papillons d'azur, à travers le ciel blanc, s'envolent vers des floraisons prodigieuses; c'est une petite tasse en porcelaine de Chine.

Il faut que j'y tienne beaucoup pour la refuser à Tulipe, car Tulipe, ma mie, a des secrets pour se faire obéir, et sa main caresse mes cheveux, toute petite et si légère, ah! si légère!

Mais cette tasse m'a été léguée par une aimable et douce personne; ah! monsieur, par une personne bien aimable et bien douce. Aussi la garderai-je toute ma vie, et je dois oublier que Tulipe me baiserait si je la lui donnais.

En effet! en effet! C'est toi qui me l'as léguée, goule maudite, nixe infâme! et tu as si bien aspiré le rouge sang de mes veines qu'à cette heure le peu qui m'en reste ne suffirait pas à remplir la petite tasse en porcelaine de Chine qui décore ma cheminée!

VI

Cunégonde

Elle se nommait Cunégonde, je vous le jure! Elle était baladine et domptait les bêtes fauves. Quand elle pénétrait dans les cages, les tigres léchaient sa gorge tumultueuse.

C'est à la foire de Mayence que nous nous adorâmes; je faisais la parade, tandis qu'elle recevait l'argent à la porte; elle se nommait Cunégonde, je vous le jure!

Elle allait, sans pudeur, jambes nues; ses cheveux sauvages, vierges de pommades, tombaient sur ses vastes épaules; mais nul ne songeait à l'aimer, parce qu'elle était baladine et domptait les bêtes fauves.

Moi, chétif, je l'aimais à cause de sa belle carnation; je buvais les sucs réconfortants de son baiser; et je la suivais d'un long regard quand elle pénétrait dans les cages.

Et je ne sais quels sentiments de luxure sanguinaire m'envahissaient, mêlés à des souvenirs lointains de solitude, tandis que les tigres léchaient sa gorge tumultueuse!

VII

Le Train de minuit

— Madame, puis-je me permettre? En même temps je désignais mon cigare. — Oh! oui, monsieur, oh! oui. Nous fumerons ensemble.

Elle roula une cigarette. Belle petite main, vos doigts transparents comme des bougies de l'Étoile me firent venir le miel à la bouche.— madame, puis-je me permettre?

— Quoi donc, monsieur? — De baiser votre main. — Ah! monsieur! — Ah! madame, deux choses viennent de s'allumer. Disant cette parole, je frappais mon cœur et en même temps je désignais mon cigare.

Elle parut mécontente, la voyageuse nocturne, et je craignis d'avoir mal jugé d'elle. — Suis-je allé trop loin, madame? — Oh oui! monsieur, oh oui!

A ce moment sa cigarette tomba. Je fis mine de la ramasser. — Imbécile! dit-elle en approchant ses lèvres de mon cigare, nous fumerons ensemble!

VIII

Marietta

Marietta, cette femme aux belles formes, que les statuaires n'ont pas oubliée et que les poëtes n'oublieront point, vidait une bouteille d'amontillado, dans un cabinet du café Anglais, au premier étage.

Tandis qu'elle s'enivrait, des hommes divinement bossus et des filles merveilleusement bancales entouraient Marietta, cette femme aux belles formes, que les statuaires n'ont pas oubliée.

Et chaque homme et chaque fille disait à Marietta : « Faites-moi l'amour, ô ange, de me donner un baiser! » Mais elle ne daignait point répondre à leurs galanteries banales, cette femme qui aimait les vers et que les poëtes n'oublieront point.

Sans doute son âme était en proie à quelque douleur farouche, car elle avait le front très-pâle et les yeux rougis. Impassible d'ailleurs, elle vidait une bouteille d'amontillado.

A la dernière goutte, Marietta mourut. On n'a jamais pu savoir au juste pourquoi elle s'était empoisonnée de la sorte, dans un cabinet du café Anglais, au premier étage.

IX

La Visite

Edgar est un poëte placide et désaccoutumé de l'étonnement; son œil est vif, son sourire très-doux; tranquille, il considère les choses avec un air de grande indifférence.

Toc! toc! Entrez! C'est une femme, une femme voilée! Visite inatendue. Mais l'attitude d'Edgar ne témoigne d'aucune surprise, car Edgar est un poëte placide et désaccoutumé de l'étonnement.

Cependant la visiteuse retire ses gants et ses bottines de la façon la plus naturelle du monde. Bientôt elle dénoue ses jarretières; son œil est vif, son sourire très-doux.

Eros! elle se couche. Alors son hôte détache lentement sa cravate, et, rapproché de la belle fille, tranquille, il considère les choses.

Au centième baiser, toujours silencieuse, l'inconnue remet ses bas en fil d'Écosse. Et maintenant, madame, puis-je savoir à quoi je dois l'honneur de votre visite? demanda le poëte avec un air de grande indifférence.

X

Mousseline

Ce soir, quand je suis rentré, ma maîtresse était sortie. Il y avait un grand silence dans la chambre; la lampe considérait d'un œil sournois les rideaux épais de l'alcôve.

Je m'étendis sur ma chaise longue devant la cheminée, et je me hâtai d'écrire sur mes tablettes pareilles à celles de Rouvière dans *Hamlet* : « Ce soir quand je suis rentré ma maîtresse était sortie. »

Un bruit se fit entendre, on eût dit d'un petit cri de femme amoureuse. Je prêtai l'oreille; plus rien. Il y avait un grand silence dans la chambre.

Nouveau bruit : c'était un baiser; les rideaux de l'alcôve s'agitaient tumultueusement. O douleur! Je frappai du poing mon front que la lampe considérait d'un œil sournois.

Je me précipitai vers le lit, sûr de découvrir un crime, résolu à en commettre un. Hi! hi! C'était ma chatte Mousseline qui jouait avec la pantoufle de ma mie sous les rideaux épais de l'alcôve.

XI

La nouvelle Amoureuse

L'or des blés mûrs et la neige du lait sont les couleurs de mon drapeau flottant! Meure mon âme immortelle avant que je chante la pourpre de la rose ou le jais de la nuit!

Ainsi disais-je, car en ce temps j'aimais une Allemande dont les cheveux dorés comme la poussière du van et les joues blanches comme des assiettes de Saxe, imitaient l'or des blés mûrs et la neige du lait!

Mais celle-là, dédaigneuse des belles rimes, s'énamoura d'un riche. O fatal abandon! je me lamentais dès le crépuscule, et la nuit je m'écriais : Maintenant, quelles sont les couleurs de mon drapeau flottant?

Ivre du sel de mes larmes, je cuvais mon chagrin dans la solitude. Enfant, disait Érato, pourquoi délaisses-tu le barbiton à neuf cordes? Arrière, déesse cruelle! et meure mon âme immortelle avant que je chante!

Mais hier, j'en ai vu une qui est Espagnole, une aux cheveux d'ombre, aux joues de sang! Donne-moi le barbiton à neuf cordes, déesse miséricordieuse, et qu'à jamais je dise la pourpre de la rose et le jais de la nuit!

XII

Coquelicotine

— Baise-moi, dit Coquelicotin ; tout à l'heure comme je traversais le salon, le petit chien a jappé, le petit épagneul, ô Coquelicotine !

— Sapristi ! dit Coquelicotine, le cas eût été grave, si mon mari s'était éveillé ; mais tranquillisons-nous, j'arrangerai les choses.— Baise-moi, dit Coquelicotin.

Le lendemain Coquelicotine fit manger de l'arsenic à son mari dans une méringue à la confiture de groseilles, puis elle dit aux gens : Mon mari a rendu l'âme tout à l'heure, comme je traversais le salon.

Une soubrette noya le chien ; samedi soir, tandis que la Nuit aux doigts d'ébène fermait les portes de l'Occident, pour la dernière fois le petit chien a jappé.

— Chère amie, tu as eu tort, dit Coquelicotin, et ta conscience a cessé d'être pure *comme un pavé d'autel qu'on lave tous les soirs.* — Hon ! répondit la belle, mon mari était vieux. — Ce n'est pas ton mari que je plains, c'est le petit épagneul, ô Coquelicotine !

XIII

Le Cygne

Sous le pâle soleil d'octobre, je me promenais au bord du lac d'Enghien. Les cygnes voguaient lentement, troupe mystérieuse et blanche, sur la grande surface du lac, au milieu du paysage d'automne, grave, pompeux et solitaire !

Les arbres, d'où les feuilles sèches n'étaient pas encore tombées, semblaient des arbres en or, comme on en voit dans les féeries au théâtre du Châtelet ; les souffles se plaignaient mélodieusement dans les branches ; sous le pâle soleil d'octobre, je me promenais au bord du lac d'Enghien.

Je me promenai jusqu'au soir, et quand les pâles ténèbres furent descendues, je vis apparaître les petites étoiles, les petites étoiles qui compatissent aux mélancolies nocturnes; et les cygnes voguaient lentement, troupe mystérieuse et blanche.

Cependant ils s'éloignèrent; bientôt, dans l'ombre vague, ils n'étaient plus qu'une nappe de neige rapidement fondue. L'un d'eux seulement, immobile et comme extasié dans quelque joie inouïe, demeura sur la grande surface du lac, au milieu du paysage d'automne.

Alors je ne pus me défendre de songer à mon âme que hantaient naguère plus d'un rêve et plus d'un amour. Où sont les roses de l'avril fané? Dans mon âme, que la nuit enveloppe, il n'est demeuré qu'un seul amour grave, pompeux et solitaire.

XIV

Les Chevelures

Pareils aux comètes prodigieuses, les poëtes d'un autre âge épouvantaient les ténèbres avec leurs chevelures flamboyantes.

Et les jeunes femmes éprises des pâles romantiques voyaient passer chaque nuit dans leurs rêves des éblouissements pareils aux comètes prodigieuses!

Afin de charmer les jeunes femmes, vous tous qui buvez le vin amer de la vigne idéale, imitez les poëtes d'un autre âge!

Qu'en dépit des vaudevillistes chauves et des échotiers glabres, nos longs cheveux épars imitent ces boucles de flamme qui épouvantaient les ténèbres!

Et lorsque nous irons par la ville, celles qui meurent d'amour pour nous, accourues aux fenêtres, s'écrieront extasiées : « Voici les poëtes qui passent avec leurs chevelures flamboyantes! »

XV

Lucile.

J'allais trouver le dernier vers d'une villanelle; celle qui m'inspirait alors, c'était Lucile! l'âme languissante et la bouche entr'ouverte, je songeais bien plus à la muse qu'au poëme, à Lucile qu'à la villanelle.

Clic! clac! j'ai reconnu son pas, flou! flou! et le bruit de sa robe. Elle entre toute parfumée. — Que faisais-tu, cher amour? — J'allais trouver le dernier vers d'une villanelle.

Après que j'eus dit cela, je sentis sur mon front la fraîcheur de ses lèvres écarlates pareilles à de la neige qui serait rouge; et, soudain, mon poëme fut achevé, car celle qui m'inspirait alors, c'était Lucile!

— M'aimes-tu? murmurai-je, et en même temps je mordillais l'ongle de son joli pouce. — Je ne t'aime plus, dit-elle sans détour. A cette parole, je demeurai sans voix, l'âme languissante et la bouche entr'ouverte.

Clic-clac! Flou! flou! Lucile était partie. Moi, pour l'oublier, je voulus faire des vers; je ne pus, car une grande mélancolie m'étreignait l'âme, et je songeais bien plus à la muse qu'au poëme, à Lucile qu'à la villanelle!

CATULLE MENDÈS.

POÈTES & VAUDEVILLISTES

Sur la grand'route, cheminant aux clairs rayons du soleil d'automne, j'ai rencontré le poète dont parle Boileau. Maigre comme autrefois, triste, mais plein de résignation, il marchait. Sa lyre, symbolisée par un dictionnaire de rimes, ne l'avait pas quitté, et sa bouche, pleine de chansons, humait avidement l'air vif des buissons voisins.

— Où donc allez-vous ainsi? lui dis-je. Je vous croyais bien tranquillement installé chez vous, rimant une ode en l'honneur de celle qui vous aime, ou relisant la chanson d'Eviradnus. Songez-y, mon ami, le temps n'est pas bon pour la route. La saison inclémente est proche : voici que les arbres, pareils en cela aux gens de votre profession, se déshabillent au moment juste où les habits seraient utiles, quand l'hiver menace, que le vent souffle et que la neige va tomber. Quelle mouche vous pique et pourquoi ne pas rester à Paris? La révolution romantique a cassé l'arrêt d'exil rendu contre vous par le Biéville du siècle de Louis XIV, et je ne puis expliquer votre départ que par un goût immodéré pour les voyages.

— Hélas! s'écria le poète, vous parlez bien légèrement de ces choses, et l'on voit que vous n'avez jamais eu le malheur de faire rimer deux vers l'un avec l'autre. Pourquoi je pars? Dans le simple but de ne pas monter sur l'échafaud et de soustraire ma tête au glaive des lois de mon pays, indignées contre moi. Vous n'ignorez pas que Michel Lévy, ruiné déplorablement et réduit à la plus extrême misère après la publication du livre de poésies de Henri Murger, s'est entendu avec la cour d'assises pour faire condamner à la peine de mort, laquelle n'est pas encore abolie pour ce motif, tous les libraires qui éditeraient un volume de poésies lyriques, ce volume fût-il imprimé aux frais de l'auteur. Quant à l'auteur du livre, on s'arrangera de manière à ce que son banquier fasse banqueroute, en admettant cette inadmissible supposition qu'un poète lyrique puisse avoir un banquier ; puis on lui tranchera la tête après lui avoir coupé le poignet. C'est pour éviter ce désastre que je pars. Je vais là-bas, vers l'île lointaine où Henri Heine a rencontré Zeus. Le bonhomme de dieu se fait vieux, et je lui serai peut-être utile dans la chasse aux lapins à laquelle il se livre pour gagner sa vie. Ainsi nous atteindrons des âges avancés et n'aurons plus rien à craindre pour nos jours. Adieu! et si vous tenez à ne pas être banni comme je le suis, dépêchez-vous d'écrire une œuvre dont le principal rôle sera destiné à mademoiselle Judith Ferreyra ou à mademoiselle Schneider.

— Et pourquoi me livrer à ces compositions, frivoles si je les dois juger d'après les noms de leurs interprètes ?

— Parce que ni mademoiselle Judith Ferreyra, ni mademoiselle Schneider n'ont pu être soupçonnées, un seul instant, d'être des comédiennes de génie; on sait, de bonne source, que Sophocle ne leur a pas confié le rôle d'Antigone dans son drame, et que Shakspeare les eût peut-être trouvées insuffisantes pour jouer Ophélie et même Desdémona; parce que ces dames sont les muses inspiratrices du vaudeville; qu'à leur seul aspect, les madrigaux de M. Clairville surgissent et vont se placer, transformés en couplets charmants, sur leurs lèvres audacieuses, et que le vaudeville est tout maintenant. En vérité, il n'y a plus aujourd'hui qu'une seule façon d'être imbécile : c'est de faire des vers. Aussitôt qu'on vous connait cette infirmité, toutes les portes vous sont fermées; il faut mourir! Vous n'avez même pas la ressource de vous engager comme acteur dans la troupe dirigée par le seigneur Hérodes. Les directeurs de théâtre sont des hommes sérieux qui refuseraient d'admettre de vils farceurs dans leur compagnie, et font retirer les rimes des drames en vers qu'ils jouent, par MM. d'Ennery et Léon Laya purs de toute accusation de poésie lyrique. Aussi, les vaudevillistes qui nous ont fait ces destins, que je les hais! Quand je parle de vaudevillistes, n'allez pas croire au moins que je veuille désigner M. Labiche ou M. Varin; les *Saltimbanques* et le *Chapeau de paille d'Italie*, ces violentes comédies à qui, du temps de Molière, on eût reproché de n'être pas en vers, ne constituent pas l'œuvre d'un vaudevilliste. Il faut entendre ce mot *vaudevilliste* comme le cénacle romantique de 1830 entendait le mot *bourgeois*. Le vaudevilliste est l'être envieux, timide, méchant, que toute beauté offense, parce qu'elle lui sert à faire ressortir sa laideur; c'est l'être qui niait Eugène Delacroix et qui bafoue tous ceux qui ont la foi vive de l'art. Pour être vaudevilliste, le procédé est facile : il suffit de n'avoir jamais lu les *Orientales* et de dire : Qu'est-ce que c'est que ce gars-là? en parlant de Théophile Gautier. Ainsi, le critique à tout jamais honni qui a l'impudeur d'imprimer ces trois mots monstrueux : *Le père Hugo!* M. Buloz, quand il demande à je ne sais plus quel imperceptible gâcheur de papier un *éreintement* systématique de George Sand et Balzac, pour les amener à lui donner leurs romans à meilleur compte, sont des vaudevillistes au même titre que M. Ernest Blum, et l'acteur Schey les peut tutoyer sans se compromettre.

Si encore ces monstres se bornaient à faire leur métier! s'ils se contentaient de profaner les planches des théâtres créés par Aristophane pour que les odes s'y pussent épanouir! Mais ils se permettent encore de juger les poëtes; ils veulent se faire prendre au sérieux et fondent des journaux où, entre le récit des amours de la première pitresse venue, ils ont assez peu de sens moral pour parler d'eux-mêmes et accoupler leurs noms aux noms des poëtes. Ils poussent même l'audace et le cynisme jusqu'à trouver nos vers bien faits. Ah! c'est, de toutes, la plus cruelle et la plus sanglante injure, et mon orgueil indigné proteste de toutes ses forces contre cela. Depuis quand ceux qui ramassent les épluchures d'un festin ont-ils le droit d'en critiquer l'ordonnance? Les charretiers ivres qui devisent des choses de la politique dans un cabaret de village et jettent le trouble dans les dynasties, causent au moins d'affaires qui les peuvent intéresser et leur donnent, jusqu'à un certain point, le droit de se mettre à la place des gouvernements qui les régissent; mais je voudrais bien savoir en vertu de quelle tolérance, un être dont les œuvres complètes auront été publiées aux Variétés et aux Délassements-Comiques, aura l'insolence de prononcer le nom de M. Leconte de Lisle? Au moyen âge, on défendait aux filles de mauvaise vie de porter des ceintures dorées ; ne devrait-on pas également défendre aux hommes de mauvaise littérature de salir certains noms, rien qu'en les épelant?

On a raillé souvent l'orgueil de ceux qui disent avec leur maître Ronsard :

L'honneur sans plus du vert laurier m'agrée.

Mais, près de cet orgueil légitime, qu'est la vanité des vaudevilistes? Quoi! l'homme qui aura fait le *Souper des armures*, le *Sang de la coupe* et le *Sommeil du condor* sera tenu d'être modeste, tandis que l'imbécile effronté qui aura lâché, sur les planches du Palais-Royal, un vaudeville dont la réussite chez les vieillards libidineux est due aux cuisses rembourrées à grands frais, depuis la guerre d'Amérique, de je ne sais plus quelles sauteuses enrouées, se pavanera, fier comme un paon aux plumes de contrebande, sur les boulevards? Non! qu'on le sache bien, si quelquefois les vaudevillistes et les dramaturges filoutent l'attention du public, c'est au moyen des vols qu'ils ont opérés chez les poëtes. Il arrive souvent qu'un poëte jette au panier des papiers inutiles les scories de son intelligence; le portier, à son tour, dépose ces scories au bas du premier tas d'ordures qu'il rencontre : un vaudevilliste les ramasse et en fait son profit, tandis que le meilleur de l'œuvre est oublié.

Comme don César de Bazan, nous consentons bien, si, par hasard, il tombe des écus de nos poches, que des « gueux qu'on voit passer » les ramassent; mais ce que nous ne pouvons admettre, c'est que ces gueux crient au vol lorsque nous dépensons le louis dont ils ont employé la monnaie dédaignée. Que penserait-on d'un intendant qui, après s'être enrichi aux dépens de son maître, lui viendrait demander des comptes?

ALBERT GLATIGNY.

PHILOMELA

Livre lyrique

Par Catulle Mendès

I

Je dois exposer une certaine définition de l'Art littéraire pour donner l'intelligence de ce livre et pour en déterminer la valeur intrinsèque. Cette définition consiste à signaler la conséquence, inattendue pour plusieurs, d'une proposition principale évidente.

Selon quelques esprits diserts, le *sujet* d'une œuvre d'art ne doit influer ni sur le verdict touchant la valeur esthétique de l'œuvre, ni sur l'opinion morale que l'on peut désirer se faire touchant la personnalité de l'auteur. L'idée qui fait corps avec le travail et la poésie de cette œuvre peut être, au point de vue de l'art, indifféremment choisie dans les catégories du juste ou de l'injuste, du bien ou du mal, du moral ou de l'immoral ; ce n'est jamais, pour l'art, qu'une *occasion*, qu'un moyen, dans le sens abstrait du mot, de se manifester.

L'art s'efforce librement vers la beauté, vers l'absolu de la philosophique et pure beauté, qui, suivant une expression toute hégélienne, serait : « comme l'eau claire, sans odeur, ni couleur, ni saveur particulière. » Il compose un royaume où toute chose est appelée à la transfiguration. Et, si l'artiste est assez puissant pour aller racheter la grande poésie même jusque dans les régions défendues par la morale, et que, sous une sensation d'éternité, il l'en dégage, tout irradiée de solennelles et profondes épouvantes, l'impur n'est plus ce qu'il nous apparaît, dans sa réalité : on ne *doit* plus le voir ! Le génie est devenu sa rédemption : il s'est transfiguré sous le sceptre de diamant du magicien sacré : sujet de l'intelligence idéale, il ne relève plus de la conscience hypocrite, changeante et diverse des hommes.

Ainsi, que le sujet d'un poëme soit emprunté, par un Artiste, aux données de la philosophie, de la politique, de l'utilité, de la concupiscence, de l'histoire, de la religion, de la guerre, etc., — comme le *Faust*, par exemple, les *Iambes*, les *Géorgiques*, les *Fleurs du mal*, la *Légende des siècles*, le *Paradis perdu* et le *Purgatoire*, l'*Iliade*, etc., je cite pour des Français, — ces données, comme toutes celles qui en dérivent, sont indistinctement offertes, dans les pénombres mystérieuses et inquiètes de la rêverie (2), au bon plaisir du poëte, sans qu'il y ait,

(1) Hetzel, 18, rue Jacob.

(2) L'expression anglaise « *pensiveness*, » est plus exacte que le terme banal imposé par notre langue.

à ses yeux, plus de mérite ou de grandeur à traiter l'une plutôt que l'autre, tous ces sujets comportant la même respectabilité comme la même indifférence au point de vue et dans la mesure de l'art : si le poëme est pénétré d'un sentiment de majesté, d'indulgence et de beauté souveraine, le sujet choisi doit disparaître dans ce sentiment et, par suite, n'entrer pour rien dans la décision d'un homme de goût.

C'est un point sur lequel, — malgré son évidence apparente, — on ne saurait trop insister, car nous sommes prévenus contre ce qui nous semble de nature à révolter les tendances de notre morale et de notre conscience, et lorsque l'art se dévoue à traiter les actions déréglées, l'habitude de la sensation influe sur notre jugement à notre insu : nous avons à nous défier des conventions inférieures et des préjugés contingents de la vie usuelle. Agissons, par l'idée du devoir, dans la société, comme des citoyens : agissons, également d'après l'idée essentielle du devoir, dans le rêve, comme des penseurs. La synthèse idéale de ces deux existences est située, sans doute, au milieu de la Mort, c'est-à-dire au delà de toute spéculation actuelle.

Pourquoi le titre d'un poëme aurait-il ce pouvoir de refroidir, par avance, nos dispositions à l'estime de sa beauté? N'est-ce point, d'ailleurs, presque toujours dans les épisodes, les idées incidentes et les ciselures étrangères au sujet pris en lui-même de tel chef-d'œuvre reconnu, que consistent ses véritables beautés artistiques ? Pourquoi même, — j'oserai le dire, — nous laissons-nous prémunir si facilement, par nos instincts d'injustice, d'égoïsme et de fierté, contre le caractère civique d'un artiste de génie, lorsque les sujets qu'il accepte de célébrer sont pris, à l'ordinaire, par exemple, dans le domaine du dissolu? Le plus épais bon sens devrait comprendre que l'on n'écrit de beaux vers qu'à force de persistance et de labeurs nécessités par l'apprentissage et la technique de l'art. Où donc un grand poëte prendrait-il encore du temps pour être citoyen si condamnable? Qui nous autorise à mal présupposer de l'homme, parce que, —affligé comme nous, sans aucun doute, de quelque difformité sociale ou morale, — il se réfugie dans la Pensée sublime, pour essayer d'en corriger le côté choquant, d'en rêver l'absolution et d'en opérer le rachat ? La notoriété, pour le poëte, doit être une question bien secondaire, pour ne pas dire absolument nulle, lorsqu'il se préoccupe de son œuvre : il écrit pour se justifier devant lui-même et pour agrandir sa miséricorde envers les choses sensibles.

Donc, il faut, avant tout, considérer seulement la profondeur du *Talent*, en général, et, quant au reste, il ne doit pas importer dans un chef-d'œuvre. Il est certain que la bonne volonté religieuse du Dante, par exemple, ne l'eût pas sauvé de l'oubli s'il eût manqué de poésie et d'art dans ses poëmes. Bien au contraire, s'il se fût prévalu (le cas échéant) des tendances morales et pratiques de son œuvre pour en atténuer les imperfections esthétiques, le simple sens commun nous avertit que c'eût été, de sa part, une action déshonnête et scandaleuse. En effet, s'autoriser de l'intérêt tout social que la multitude accorde à telle idée de religion, de politique, etc., prise en elle-même et dans le seu cours de la vie extérieure, et transporter cet intérêt dans le domaine de l'Art pour s'en servir comme d'un adjuvant à la valeur propre d'un travail poétique, c'est baser la Poésie sur une émotion étrangère à elle-même et, risible artiste, lui manquer de respect en lui offrant des secours dont elle n'a que faire. C'est dire : « Vous le voyez ! je suis une âme sensible ; ayez, *par conséquent*, de la bienveillance pour mes vers, à cause de la droiture et de la bénignité qu'ils expriment et qui correspondent, — j'en suis sûr, — aux qualités que vous avez, mon cher lecteur. » C'est la rougeur au front que j'écris ces lignes ; rien que d'y penser donne le malaise et le froid le plus gênant.

Eh bien, si nous considérons, par exemple, les FLEURS DU MAL sous ce critérium, nous ne devons pas varier notre justice. — Sachons lire ! M. Charles Baudelaire ne tire pas secours de son sujet pris dans les notions convenues ! Il regarde, et les impudicités se débattent (ironie féroce !) sous les étreintes de son idéal, comme les vers de terre sous les antennes du scolopendre.

Un autre préjugé, — le mot, cette fois, paraît avoir un sens, — assez en vogue, au dire d'une majorité sensée, — c'est celui de l'*inspiration*.

L'inspiration n'est autre chose que le libre développement d'une aptitude innée vers le beau idéal ; c'est une bosse qui grossit ; pour être sur une montagne, il faut être parti de terre et avoir monté péniblement la montagne ; de même, pour être élevé réellement, il faut avoir gravi un à un les degrés dont cette élévation n'est que la somme. Le Génie, c'est l'application passionnelle, la résultante d'une organisation saine et laborieuse, la pleine possession de soi-même. Eh ! que voudrait-on qu'il fût de plus que cela ? Si tel homme naissait génie, avec la science infuse, comme les petits bramahs, ce serait une monstruosité, une privation de tout mérite, une animalité déplorable. L'abeille, le castor, la fourmi, etc., font des choses merveilleuses, mais ils ne font que cela et n'ont jamais fait autre chose : ils naissent avec le summum de leur développement moral, ils n'hésitent pas. Le géomètre ne saurait introduire une seule case de plus dans une ruche d'abeilles, et la forme de cette ruche est celle même qui, dans le moindre espace, peut contenir le plus de cases, etc. L'animal est exact : sa naissance lui confère avec la vie cette fatalité ; l'homme, au contraire, est essentiellement indéterminé : il hésite, d'une manière toujours ascensionnelle, toujours approximative, vers son idéal (1) ! Ce qui fait le fond de ses plus sublimes espérances, ce qui allume sur son front la lueur de l'immortalité, c'est précisément le sentiment de cette gravitation. En un mot, l'homme sent qu'il n'est pas fini !

Vis-à-vis de ces pensées, on conçoit que « l'inspiration » est une parole qui sent son bourgeois moderne de plusieurs milles. On est si instinctivement convaincu de sa nullité qu'on n'ose la prononcer que tempérée par un demi-sourire,

---

(1) L'idéal, suivant Gottlieb Fichte, est : « ce qui *doit* toujours être réalisé, mais en même temps ce qui ne *peut* jamais l'être, sous peine de cesser d'être ce qu'il *doit* être, c'est-à-dire de cesser d'être l'idéal. »

c'est-à-dire presque comme une insulte et avec un air de protection bienveil-
lante. L'artiste devient sous ce mot une sorte de sybille sur le trépied, quasi-
inconsciente de la signification de ses chants, ou, pour mieux dire, une machine
de Vaucanson. Il suffirait au premier venu de crier à tout hasard : « *Deus!*
ecce Deus! » pour réduire à l'humilité les fatigues sacrées et les longs travaux
d'un véritable poëte; et, quand l'expérience prouve la supercherie de l'Inspiré,
ceux qui croyaient en lui nomment cette découverte : « la désillusion. » Le
vulgaire voudrait voir les gens nés coiffés de divinité. Chose étrange ! L'homme
de génie lui-même n'aime souvent pas à être sincère sur ce point. Il se com-
plaît quelquefois dans l'ovation faite aux puissances supérieures dont il veut
bien paraître le représentant et le mandataire, il s'applaudit de cette distinc-
tion sans s'apercevoir qu'elle lui assigne une place au-dessous des gens ordi-
naires et inférieurs, qui ont au moins le mérite de leur développement, si peu
qu'il soit. Mais comme il rit dans sa barbe de sa petite comédie !

Est-ce que la Pensée commet de ces injustices ? Il en est, d'habitude, des
fanatiques de l'Inspiration quand même comme de ceux qui disent : « Voilà de
beaux vers : mais où est l'*idée?* Quel est le but de l'auteur? » sans songer
que leurs paroles contiennent leur propre négation. Car, si les vers sont beaux,
ils contiennent au moins l'*idée* de la beauté : ce qui est déjà quelque chose au
point de vue de l'art, à ce qu'il semble! et, pour le surplus, on peut ajouter
ce mot de Franklin : « Il est bien difficile à un sac vide de se tenir debout. »

Voilà donc, pour un grand nombre d'esprits éclairés, la première formule
générale de l'Art considéré en lui-même. Je suis loin d'accepter sans réserves
d'aussi spécieuses affirmations, mais ce n'est pas ici le moment de les dis-
cuter. J'expose, je n'impose pas. Il fallait signaler ce critérium et l'élucider de
cette manière pour aborder consciencieusement la critique du livre de M. Mendès, car ce livre est écrit, — sauf erreur, — à ce point de vue, et rien qu'à ce
point de vue. Appliquons maintenant le critérium sur l'œuvre, et nous allons
en saisir, inévitablement, la complète intelligence ainsi que la valeur artistique.

II

L'Art ne donne ce mouvement grandiose que grâce à sa fixité : c'est l'immobile point d'appui. De là cette impression de calme consolateur que l'on
ressent à la lecture des grands chefs-d'œuvre. La première qualité de l'artiste
est donc le calme, même au milieu des plus vastes fièvres de son cœur! Et
c'est elle qui le virtualise immédiatement; c'est à ce signe que l'on reconnaît
la force, la véritable puissance, la certitude de la possession de soi-même.

Voilà même le point primitif qui, dans la théorie précédente, forçait l'indifférence du sujet par ses déductions ; car, devant l'Impassible, les massacres,

le tapage, la conviction d'un seul ou de plusieurs et le reste des dissipations humaines sont des nullités, et chacun des *sujets* mentionnés peut se réduire à quelque chose d'approchant.

Le sentiment d'un grand calme est le premier que je trouve dans ce livre; l'auteur prend lui-même la peine de nous dire, un peu positivement peut-être, mais avec une nonchalance bizarre :

> Je n'ai jamais aimé cette ivresse bruyante,
> Qui dérange les plis de notre dignité.
> La grande Muse porte un péplum bien sculpté
> Et le trouble est banni des âmes qu'elle hante.

On sent qu'il s'agit de l'existence physique du poëte; il accède à deux ou trois sonnets de cette tonalité dans le courant du volume : il aime à cingler, d'un coup de badine, et avec une sorte de dandysme pincé, les personnes qui dénigrent et contrôlent ses manières smynthiennes; il se plaît à les exciter à la Froideur par un égoïsme apparent, à la Haine par une sécheresse d'expressions merveilleuse, à l'Envie par le brillant de son intelligence compliquée. Il veut être seul et ne se soucie que de l'art. Lorsqu'il s'en va dans les forêts au bras de sa maîtresse, il faut voir avec quelle arrière-pensée de fausse et dédaigneuse sympathie il se détourne brusquement vers ces personnes, en leur disant :

> Mes frères, nous allons où le Ciel nous envoie!

Une pareille apostrophe est d'un profond *agacement*, même pour le lecteur : c'est congédier les gens avec une politesse lyrique d'un effet très-nouveau. Aussi, comme on le voit, il laisse alors couler sa phrase rhythmée assez prosaïquement en homme bien élevé qui ne crie pas en disant des choses naturelles, même dans la poésie. Il n'en est pas de même dans l'existence intérieure qu'il paraît éprouver.

Dès le premier treizain se découvrent les contrées de son âme : ce sont de vagues solitudes polaires, de mystérieuses montagnes : c'est l'heure de la tombée des ténèbres sur les volcans étouffés par les tourmentes :

> Deux monts, plus vastes que l'Hécla,
> Surplombent la pâle contrée
> Où mon désespoir s'exila.

Et des grèves glacées s'étendent lointaines, et, au travers de la nuit, l'évocation arrive dans le vent morne et les profondeurs désolées; c'est un chant qui se plaint de la solitude :

> Éternelle désespérée,
> Philoméla, Philoméla!

Le tableau, crayonné au fusain, passe un moment devant les yeux, et la note
de ce poëme circule, sous toutes les affectations du livre, avec une sorte de
mélancolie distinguée et misanthropique très-particulière. Les ombres qui im-
prègnent toutes ces pages sont d'un caractère effacé, *artificiel*, comme celles des
éclipses, et ne ressemblent pas aux ombres lourdes et grandes de la véritable
nuit. C'est que mon auteur n'aime pas la vie, même dans ses ombres; il les
tolère de temps à autre sous condition d'immobilité. Sa muse est une statue
dont les cheveux de marbre sont parfumés et dont le péplos est de soie couleur
du temps; les yeux seuls vivent, en cette statue, et leurs lueurs lunaires glis-
sent sur la forme des choses, en les éclairant par cela même. La plainte, en ce volume, est rare et comme arrachée; jamais elle ne tourne vers l'élégie; le poëte
leur préfère le frisson de la folie canidienne, aux dents serrées, aux expressions
contournées et semi-cabalistiques. Cependant les fautes de goût, les emporte-
ments faciles, si attrayants d'habitude pour *les jeunes virtuoses de l'inspiration*,
sont peu connus de ce singulier artiste : il n'accorde aux choses qu'il célèbre
que leurs qualités rigoureusement essentielles, et j'aurais cent exemples à
citer, parmi ses vers, de cette sobriété glaciale. Les difficultés de facture, les
formes pour ainsi dire paradoxales du rhythme et les ressources de la prosodie
sont pour lui d'une tentation bien séduisante. C'est avec une espèce de froid
délire qu'il sculpte sa pensée alors et la soumet dans le moule qu'il lui *agrée*,
comme dans les cent strophes du poëme d'*Ariane*, par exemple.

Ceux qui ont respiré des fleurs funestes reconnaîtront infailliblement, dans
ce livre, la rafale d'une sombre et desséchante passion. Je ne sais quelle femme
s'est regardée en ce style; le poëte paraît la définir lui-même en deux vers
d'une grande profondeur :

> Elle n'avait pas d'âme et n'avait pas de cœur,
> Mais elle avait des sens qui valaient mieux qu'une âme.

Toutefois le talent du poëte ne s'est pas exclusivement trempé à cette source,
et le volume s'ouvre par un poëme bien *court* et bien merveilleux de grâce et
de mélancolie: *Les Fils des Anges*. Je crois devoir le citer en entier :

> Un jour, les fils du Ciel, bravant la Règle austère,
> S'unirent clandestins aux filles de la Terre,
> Pendant que celles-ci dormaient leur doux sommeil.
> « Qui nous a mis, Seigneur, ces flammes de soleil
> Et ces nimbes parmi nos longues chevelures?
> Quels étaient ces baisers chauds comme des brûlures
> Que la nuit chaste a vus se poser sur nos fronts?
> C'est d'un mal inconnu, divin, que nous souffrons,
> Et nous n'avons jamais été comme nous sommes. »
> Ainsi dirent tout bas les épouses des hommes,
> Le matin, en peignant leurs cheveux.

Et depuis,

On les voyait rester longtemps autour des puits,
Immobiles, avec la cruche de grès rose
A l'épaule, disant parfois : C'est une chose
Grave, et se concertant jusqu'au soleil couché.

Hélas! pendant la nuit du mystique péché,
Elles avaient conçu sous le baiser des Anges!

« Holà! femmes, voici des rejetons étranges,
Crièrent les époux quand les fils furent nés,
Et c'est mal à propos que vous nous les donnez.
Leur front a des lueurs d'étoile qui se lève;
Leur œil jette l'éclair comme l'acier du glaive
Que les jeunes guerriers portent pour le combat;
Une aile impatiente et grand ouverte bat
Leurs flancs, aile de cygne ou de colombe ou d'aigle!
Et quand leur chevelure ardente se dérègle,
C'est comme un bélier d'or secouant sa toison!
Voici le déshonneur entré dans la maison;
Mais d'où qu'il soit venu, nous voulons qu'il en sorte.
Nous ne fîmes jamais enfants de cette sorte.
Les nôtres sont cagneux, bossus, ils ont le pied
De travers et les yeux sans flammes, comme il sied
Aux légitimes fils des honnêtes familles. »
Là-dessus les époux firent venir les filles
Que l'esclavage courbe aux travaux les plus vils.
« Vous allez emporter ces bâtards, dirent-ils.
Vous les exposerez loin de toute citerne,
Dans un bois que le cri des lionnes consterne,
Sans eau, sans fruits, sans pain, et si l'un d'eux survit,
Un seul! vous périrez toutes. »

Alors on vit

Les servantes verser des larmes sur les langes
En emportant les fils adorables des Anges!

Ces vers sont d'une beauté supérieure, et je les admire, pour ma part, presque à l'égal de ce vaste poëme intitulé *Pantéléia* qui termine le livre et qui est dédié à M. Charles Baudelaire. Selon cette définition de l'art que j'ai d'abord exposée, il y a peu de chose à dire contre lui. Ce poëme est d'une richesse, d'un style et d'une audace plus que remarquables; mais on ne peut accepter, cependant, sans un invincible sentiment d'effroi, le mystérieux et cruel idéal qui s'y élève: je comprends cet idéal, mais je ne le trouve pas suffisamment racheté par l'auteur pour l'admirer, sans réserves, même au point de vue de la poésie.

Le dernier treizain paraît d'un homme nouveau. C'est l'adieu tranquille au sarcasme compassé, et généralement au genre de littérature dont l'auteur s'est servi jusque-là :

> La tombe et la nuit m'ont quitté.
> Vienne la femme qui s'émeuve
> Sous mon baiser ressuscité !
>
> J'étais pareil au lit d'un fleuve,
> Dans les jours brûlants de l'été,
> Sec et morne, attendant qu'il pleuve ;
>
> L'ennui du mal m'avait hanté ;
> Mais j'ai triomphé de l'épreuve
> Et rompu le joug détesté.
>
> Mon désir de nouveau s'abreuve
> Aux pures sources de beauté,
> Et je répands mon âme neuve
>
> Dans un amour illimité !

Somme toute, le grand talent de ce jeune poëte est hors de discussion ; mais par cela même qu'il n'est pas déterminé encore vers sa voie définitive, on doit admirer ce courageux abandon de la manière volontairement irritante qu'il avait choisie au début, et tout augurer de ce dernier poëme, imprégné d'une magnifique sensation d'aurore.

Comte AUGUSTE VILLIERS DE L'ISLE-ADAM.

REVUE DU MOIS

A *Monsieur le Directeur de la* Revue nouvelle.

Cher Monsieur,

Je vous remercie. Vous avez bien voulu songer à moi et vous rappeler ce que j'avais écrit dans des journaux trop jeunes, trop sincères et trop libres pour ne pas mourir : *la Jeune France, la Jeunesse, le Mouvement.* Vous me croyez digne de faire entendre ma voix au milieu des chants suaves et sonores de vos chers poëtes, et vous me donnez une partie à jouer dans la brillante symphonie que va exécuter votre glorieuse cohorte de lyriques ; c'est bien de l'honneur que vous me faites.

J'accepte, cher monsieur, la fonction de *causeur* de la *Revue nouvelle*; et quoique la fonction soit au-dessus de mes forces, j'essaierai de vous raconter l'histoire de chaque mois.

Les principes les plus élémentaires de la prudence obligent, paraît-il, les chroniqueurs à s'abstenir d'exprimer leur opinion sur des choses dont j'aime à m'occuper et sur des gens de qui il ne me déplaît pas de médire; ayez la bonté, je vous prie, de couper avec vos ciseaux toutes les lignes qui ne rentreraient pas dans votre programme; on voit dans le monde des contradictions si énormes, que je ne sais pas très-bien distinguer ce qui est vrai et bon à dire de ce qui est vrai et bon à taire. Quand vous aurez retranché de mes causeries les lignes qui vous déplairont, priez votre secrétaire de la rédaction de ne pas les remplacer par d'autres, surtout si vous prenez pour secrétaire ou M. Buloz, ou M. Granier de Cassagnac père, ou même M. le Directeur politique du *Siècle.*

Le public parisien aime assez les histoires grivoises, les mots à double entente, les détails intimes sur les mauvaises mœurs des filles en renom et des gens bien posés; je ne vis pas dans l'intimité des filles en renom et je ne le regrette pas; je connais peu de gens très-bien posés, je n'en suis pas offensé, je raconte les histoires grivoises avec la légèreté qu'un ours mettrait à danser sur un fil de soie, et je laisse les mots à double entente aux jésuites; je ne pourrai donc être un conteur à la mode : j'ai bien peur que vous ne vous repentiez de votre choix.

Pourtant, je vous promets d'être curieux et bavard, — je passe pour tel dans ma vie privée, — et je vous jure que je m'occuperai aussi peu que possible de moi-même, des discours de l'Académie, de la pluie, des pièces en cinq actes qu'on joue à l'Odéon, des revues des Variétés et des revues du Champ de Mars, du dernier amant de madame la Comtesse et de la dernière conquête de monsieur le Duc.

Ne m'accusez pas d'être un esprit malade et aigri si je vous dis que notre époque est mauvaise. Que diable voulez-vous ! J'ai toujours peur de voir un beau jour M. Jules Lecomte professeur de morale, M. Léonor Havin directeur politique de tous les journaux, M. Mélingue secrétaire de la Comédie-Française, M. l'archevêque d'Arras académicien, et Mlle Duverger impératrice de Russie. — Tout cela pourrait bien arriver, et voilà ce qui fait réfléchir.

Votre tout dévoué,

EMMANUEL DURAND.

REVUE DRAMATIQUE

ODÉON :

Diane au bois, comédie héroïque en deux actes, en vers,

par Théodore de Banville.

Le théâtre de l'Odéon a fait preuve d'une belle audace. Donc enfin il s'est rencontré un directeur qui a osé recevoir une comédie poétique, des acteurs qui ont consenti à la jouer, des machinistes qui ont daigné en planter le décor, un lustre qui a bien voulu l'éclairer, un souffleur qui n'a pas rougi de la souffler! Cela s'est rencontré, et, chose plus merveilleuse! le public paraît fort aise que le directeur ait reçu cette comédie, que les acteurs l'aient jouée, les machinistes machinée, le lustre éclairée, le souffleur soufflée! Les femmes dans les loges, habillées de robes sombres et coiffées de chapeaux où il y a des roses qui ne furent jamais des roses, ne semblent point choquées de voir Diane vêtue d'une peau de panthère, Glaucé enveloppée d'une toile d'araignée couleur de lis, et Mélite drapée dans un rayon de soleil. Gniphon, dont la barbe est pareille au buisson des ravines, n'épouvante pas les jeunes hommes qui portent des favoris taillés avec art, et, lorsque Éros, à la fin de la comédie, s'adressant au public même, l'interpelle sous ce nom : Athéniens! personne ne s'étonne, personne n'a le droit de s'étonner, car ce sont des Athéniens en effet, ces hommes qui subissent encore le charme des beaux vers ; ce sont des Athéniennes, ces femmes extasiées sans vaine pruderie tandis que la passion furieuse mugit à travers le silence des forêts par la bouche du satyre aux pieds de bouc! Je gagerais un talent contre deux drachmes que si, l'autre soir, on eût représenté *les Nuées* ou *les Oiseaux*, le public tout entier aurait pu chanter de mémoire les chœurs du divin Aristophane, et non-seulement les spectateurs eussent prouvé que les mystères du rhythme antique leur étaient familiers, mais encore, pris d'une sainte fureur, ils auraient pu, dressés en foule sur la pointe des pieds, exécuter, selon le rit, les pas des danses consacrées! Car nous étions réellement dans la ville charmante que protége la vierge aux yeux d'azur! J'ai reconnu Laodicé dans une loge de baignoire; si elle ne m'a pas fait signe de la main ou des yeux, c'est qu'elle en aime un autre. Mon voisin

de stalle, ce petit homme qui bavardait sans trêve, s'enroue chaque matin sur
la pierre du Pnyx. Dieux immortels! que s'était-il donc passé? Métamorphose
inouïe! Comment ces esprits naguère abaissés dans la fange, victimes de la
féerie en maillot et du vaudeville en patois, s'étaient-ils tout à coup relevés
jusqu'à leur hauteur native? Comment ces oreilles abêties par les couplets de
revues, béantes aux calembours par à peu près, se montraient-elles soudai-
nement discernatrices subtiles des beautés lyriques les plus secrètes? N'avons-
nous à constater que le triomphe du poëte lui-même, du poëte habile aux
enchantements? Faut-il voir dans cette transfiguration merveilleuse le résultat
d'une affluence illustre et privilégiée? La salle de l'Odéon, le soir de la première représentation de *Diane*, était pleine comme elle sait l'être aux bons
jours. On y voyait les derniers poëtes et les artistes rares. Tous ceux qui
n'avaient pas au front quelque auréole laborieusement conquise étaient du
moins de jeunes hommes dignes d'en porter le reflet. Donc, c'était bien aux
Athéniens que s'adressait le poëte! Rien de ce qu'il allait leur dire ne devait
sonner faux à leurs oreilles. Leur âme était propre à son vers. Ils con-
naissaient déjà les scandales de l'Olympe, les infortunes d'Eros et le courroux de Diane. Lorsque l'enfant divin apparut au milieu de la troupe immortelle, ce fut un ravissement sans bornes; les Déesses accoururent près de
lui et baisèrent avec délices ses petits pieds d'ivoire; les dieux lourds armés
pour le combat laissèrent choir leur massue inutile, afin d'apprendre au jeune
Amour l'art de lancer les flèches; art cruel que lui avait déjà enseigné, sur les
collines de Gnide, sa blanche mère aux cheveux d'or. Mais Diane se prit
contre lui d'une haine sauvage. Vaincu par les plaintes de la chasseresse, Jupiter exila le premier né de Cypris dans les bois chevelus, au pied des monts
de Thrace. Dans les bois chevelus, au pied des monts de Thrace, le chasseur
Hylas poursuit à travers les ravines la gazelle et la nymphe farouches. La
nymphe s'attendait au discours du jeune pâtre. Mais le bruit du baiser, Gniphon l'a entendu, Gniphon, le satyre blotti parmi les arbres, le satyre jaloux de
l'Amour. Diane est furieuse et répudie Glaucé. Cependant, sous les branches,
le soir, une flûte retentit, qui l'appelle impérieusement. Sur un tas de mousse,
voici le bel Endymion, le berger fils de roi, endormi dans un rayon de lune.
O puissance d'Eros! un nouveau baiser retentit, et Diane palpite, effrayée,
dans les bras du berger triomphant! Mais Gniphon surgit, inattendu, détes-
table; cet enfant, ce n'est pas Endymion, le berger fils de roi; c'est Eros, l'ar-
cher vainqueur des Dieux! Diane frissonne de courroux. Pour prix de sa lâcheté,
le satyre devient un satyre de marbre au milieu de la forêt profonde. Enfin,
l'Amour apparaît dans sa splendeur véritable, avec les longs cheveux d'or et
le grand carquois d'or. Les Nymphes accourues intercèdent pour lui. Lui-même

il s'agenouille aux pieds de la chasseresse, et Diane pardonne et s'enfuit éperdue! et la nuit, dans les bois, parmi toutes ces belles chimères, les étoiles charmantes ont pleuré des lueurs laiteuses, les rossignols désespérés ont chanté sous les branches, et le ruisseau jaseur a chanté dans les mousses. Jamais encore le talent de Théodore de Banville ne s'était trouvé aussi à l'aise qu'au milieu de cette fantasmagorie. Les vers coulent harmonieux comme la source des monts et sont pleins de roucoulements de tourterelles. Ce sont des grâces mourantes et des extases pâmées. Mais parmi tout cela s'agite, terrible et sauvage, l'éternelle passion! Les cœurs saignent, les âmes battent de l'aile comme des oiseaux prêts à s'envoler, les yeux se gonflent de larmes amères et délicieuses. De toutes les poitrines, un souffle brûlant d'amour s'échappe. Depuis le Faune épris de la création tout entière, de l'onde et du nuage, de l'étoile et de la fleur, de la femme et de l'oiseau, jusqu'à Diane elle-même qui tressaille dans la forêt, vierge en proie à des angoisses inconnues, tout, les âmes et les choses, subit le joug de l'amour triomphant! Thème divin! thème adorable! et si merveilleusement concordant aux qualités distinctives de Théodore de Banville! Chez lui, cette expansion incessante de l'âme sans laquelle il n'y a point de poëte se définit en un amour furieux du luxe et de la joie. Les blancheurs de cygne et de lis et de neige, les rougeurs des aubes et des roses, les resplendissements de l'or et du cristal éclatent dans sa poésie lumineuse. Ses strophes savamment drapées dans des rhythmes de pourpre font à travers l'azur de longues traînées rouges, pareilles à celles que laissent sur les escaliers d'argent de l'Olympe les tuniques errantes des immortelles! Lui seul, dans ce siècle où les Dieux sont morts, croit aux Dieux qui ne mourront jamais. Grave et souriant, il brave l'injure et la raillerie, sachant que la gloire des Olympiens l'entoure et le protége. Il pense avec raison que les divinités antiques, telles qu'elles ont été créées par le génie des poëtes et des sculpteurs, types éternels de force et de beauté, sont dignes de vivre éternellement parmi l'épouvante et l'admiration des hommes. Il subit la tyrannie du mythe. Il sait (les questions religieuses n'ont pas le droit de nous inquiéter ici) que les Dieux, fils d'Homère, en tant que puissances allégoriques nées de la volonté humaine et sanctionnées par vingt siècles d'idolâtrie, méritent des honneurs égaux à ceux que prodiguent à d'autres Dieux les adeptes des croyances modernes. L'homme s'outrage lui-même en outrageant sa création. *La Guerre des Dieux* contient deux blasphèmes également effroyables. Les représentations d'*Orphée aux Enfers* auraient dû être interdites pour cause d'outrage à la religion humaine. Laissons les railleurs se pâmer dans une gaieté facile. Ce qui a été Dieu ne peut cesser de l'être. Suivons pieusement les blanches théories des vierges, initions-nous de plus en plus aux mystères

de la Bonne Déesse, et qu'aux jours des Bacchanales revenues, on représente
de nouveau, si d'ici là quelque vainqueur imprévu n'a surgi, la *Diane au bois* du
poëte païen. « Oh! oh! disent les uns, voilà qui est impossible. Ces choses-là
sont bonnes une fois. Ce sont des tentatives amusantes par leur singularité même ,
ce sont des caprices ingénieux; mais cela n'est pas du théâtre, cela ne peu t
pas se jouer. » Cela ne peut se jouer? En vérité? Demandez à mademoisell e
Petit, si ingénument amoureuse, si délicatement blonde quand elle se nomm e
Hylas, si triomphante quand elle se nomme Éros; demandez à mademoiselle
Duguerret, si violente et si belle sous une peau de panthère ; à Romain-
ville, ivre du pur sang de la vigne et du pur sang de la muse; à mesdemoi-
selles Leprevost, Enjalbert et Henriot elles-mêmes, si parisiennes (hélas !
trop parisiennes) dans leur costume de nymphes! Demandez à ces artistes,
qu'opprime l'ennui léthargique du théâtre moderne (exceptons mademoiselle
Petit, qui a eu cette gloire de soupirer Racine et de chanter Théodore de Banville avant d'en être réduite à la prose des fournisseurs brevetés), demandez·
leur s'ils ne l'ont pas jouée, cette comédie aérienne comme le duvet des cygnes,
subtile comme les fils de la Vierge; s'ils ne se trouvaient point à l'aise dans
cette forêt pleine d'enchantements nocturnes, et si les vers harmonieux et
farouches ne sont point aussi agréables à déclamer que les rimes des poëtes
comiques contemporains, pauvresses lamentables! En vérité, ceci n'est pas du
théâtre? Le *Songe d'une nuit d'été* n'est pas du théâtre? La *Sauvage apprivoi-
sée*, la *Tempête*, *Comme il vous plaira*, *Psyché*, la *Toison d'or*, *Bérénice*, *Pierrot
posthume*, le *Tricorne enchanté*, *Traguldabas*, *Almanzor*, ce n'est pas du théâtre?
Apparemment, nous sommes ici une douzaine d'imbéciles achevés, car ne
nous étions-nous pas imaginé que l'amour, la beauté, les enlacements sous
la lune, les plaintes de cœurs désespérés étaient des choses dignes d'être repré-
sentées et chantées, et pour le moins aussi intéressantes que la question de
savoir si mademoiselle Jolibois épousera son petit cousin qui a fait fortune à
Philadelphie ou le savetier du coin qui s'enrichit à raccommoder les chaussures de mon valet de chambre! Vertudieu! il avait raison, cet homme
de lettres, habile à saisir les tendances de son siècle, qui me proposait
de faire avec lui une pièce en cinq actes pour la Comédie-Française. Il
s'agissait là-dedans d'un banquier millionnaire qui voulait donner sa fille
au plus digne. Mais quelle était l'épreuve obligatoire? Il fallait résou-
dre un problème d'arithmétique posé par la jeune fille elle-même! Pauvres
niais, nous avions cru que les forêts, les sources, les oiseaux, les arbres
et les fleurs étaient un décor agréable où l'on pouvait faire soupirer et
pleurer les amoureux extasiés dans le silence de l'ombre! Vivent les salons
en acajou où il y a des pianos en acajou et des pendules en acajou et des ten-

tures en acajou! Vivent les tapissiers habiles à planter des clous de cuivre dans du damas de laine à 3 fr. 50 cent. le mètre! Honte à ceux que charment encore les stances mélodieuses où chantent, pâmés d'amour, les rossignols et les colombes! Mais enfin, le théâtre, qu'est-ce donc? Serait-ce, par hasard, la science vertigineuse des entrées et des sorties, l'art de préparer, pour le dénoûment, le retour de la victime plongée au premier acte dans une cuve d'huile bouillonnante? Serait-ce le secret plein d'abîmes de tourner un couplet de vaudeville et de marier, selon les convenances, l'ingénue au jeune-premier? Oui, c'est là le théâtre! Que parlait-on d'Hugo, qui osa subordonner la vraisemblance à la passion! de Balzac, qui déchirait son cœur où battaient les cœurs de l'humanité tout entière pour en faire la pourpre de ses histrions! Du théâtre, cela! fi donc! Ah! misérables ouvriers, grossiers artisans habiles à faire les besognes déjà faites, enfonceurs de portes ouvertes, buveurs de bouteilles vides, un jour viendra où quelque homme de génie, dédaigneux du métier, vous prendra à ses gages par miséricorde et vous payera, Dieu me damne! à vos pièces. Mais n'ayons pas de colère : le succès persistant de *Diane au bois* console et rassérène; nous avons tous une part de gloire dans cette gloire, et nous pouvons déposer pour quelques jours nos armes de combat, après le triomphe du grand poëte qui a prononcé la *Malédiction de Vénus* et chanté l'*Ame de Cœlio!*

CATULLE MENDÈS.

CAUSERIE SCIENTIFIQUE

LES PRÉDICTIONS MÉTÉOROLOGIQUES

DE M. MATHIEU (DE LA DRÔME)

Disons en quelques lignes de quel manière nous entendons nous acquitter de la tâche qui nous est confiée dans cette Revue ; à quel point de vue nous voulons suivre le mouvement des sciences à notre époque.

D'abord, le mot *sciences* est ici resserré dans une acception étroite, qui en restreint nécessairement la haute signification philosophique et libérale. Par une bifurcation de la loi, dont les effets ne sont pas sans analogie avec ceux de la bifurcation universitaire, toute invasion sur le domaine des sciences sociales et politiques nous est interdite expressément : nous n'aurons donc à parler que des sciences dites positives.

Mais, sur ce terrain même, nous laisserons volontairement de côté tout ce qui, dans les sciences physiques et naturelles, touche à leurs applications purement industrielles. C'est l'influence des connaissances scientifiques sur les progrès intellectuels et moraux qui nous préoccupera presque exclusivement.

De même qu'il existe, pour la santé physique, une hygiène qui est la morale du corps, pour la conscience publique ou privée, une morale qui est l'hygiène des mœurs, il y a aussi pour l'esprit une hygiène, une morale des idées, qui est la méthode. Le rappel à la méthode, dans les travaux qui ont pour objet le progrès des sciences, sera aussi l'une de nos principales préoccupations dans ces causeries. A une époque où le sophisme s'étale si complaisamment côte à côte avec l'immoralité, ce ne sera pas la besogne qui nous manquera.

Cela dit, nous demandons la permission d'entrer en matière.

Tout le monde connaît aujourd'hui la réputation de prophète que s'est acquise, bon gré mal gré, l'auteur de trois petits volumes sur lesquels il est temps d'attirer l'attention des personnes qui aiment à se rendre compte et qui ne croient rien sur parole. M. Mathieu (de la Drôme), après avoir subi, puis béni, les orages de la vie publique, s'est cru apte à prévenir, par des prédictions de longue haleine, un autre genre de fléaux, j'entends les intempéries atmosphériques. Ses prophéties ont fait et font encore grand bruit ; mais cela n'empêche point que beaucoup de gens ignorent quelle est la théorie sur laquelle reposent les prédictions que les journaux petits et grands se sont empressés d'insérer dans leurs colonnes, pour la commune satisfaction des amateurs de nouvautés paradoxales, des habitués du fait divers et des badauds.

Nous regrettons de ne pouvoir donner à la théorie en question tous les développements qu'elle mérite ; mais le moyen de faire en deux ou trois pages ce qui en a exigé *cinquante* à l'auteur ! Encore ne donne-t-il de sa *théorie des météores* qu'un *exposé succinct*. Essayons toutefois.

M. Mathieu (de la Drôme) constate, en premier lieu, l'action attractive du Soleil et de la Lune sur notre atmosphère. Ces deux forces combinées produisent un flux périodique, d'où résultent des variations anormales de température. Le Soleil, en outre et particulièrement, agit comme foyer de chaleur et sur l'enveloppe atmosphérique et sur les eaux dont la volatilisation détermine des refroidissements suivis d'élévations de température, quand la vapeur d'eau repasse à l'état liquide.

Jusque-là, tout est fort simple, et les savants les plus orthodoxes signeraient ces conclusions. Cependant, s'il faut en croire ces derniers, M. Mathieu (de la Drôme) exagérerait singulièrement l'intensité de l'attraction luni-solaire. Qu'on en juge par cette citation de Laplace, qu'il se plaît à invoquer à l'appui de sa thèse, et qui d'ailleurs a donné, depuis plus d'un demi-siècle, dans sa *Mécanique céleste*, la théorie des oscillations de l'atmosphère dues à cette cause :

« Pour arriver à l'Océan, l'action du Soleil et de la Lune traverse l'atmosphère, qui doit, par conséquent, en éprouver l'influence et être assujettie à des mouvements semblables à ceux de la mer. De là résultent des variations périodiques dans la hauteur du baromètre, et des vents dont la direction et l'intensité sont périodiques. Ces vents sont peu considérables et presque insensibles dans une atmosphère d'ailleurs peu agitée : l'étendue des oscillations du baromètre n'est pas d'un millimètre à l'équateur même où elle est la plus grande (1). » (*Exposition du système du monde*, chap. XIII, liv. IV.)

On le voit, d'après Laplace, les *montagnes d'air que doit produire l'attraction aux sommités de l'atmosphère*, — ce sont les expressions de M. Mathieu, — se réduisent à de bien petites collines. Est-il donc permis de leur attribuer les brusques variations de température (de 12 à 15 degrés) qui en seraient, suivant ce dernier, la conséquence ? Mais passons. M. Mathieu a peut-être toute prête, dans ses papiers, une réfutation de l'analyse de Laplace et des observations de M. Bouvard.

D'où viennent les changements de temps ? — De l'action des phases de la Lune sur l'atmosphère, répond M. Mathieu. Non-seulement la Lune agit en vertu de sa masse, comme on l'a vu plus haut, non-seulement cette action est

(1) Des observations faites par M. Bouvard pendant huit années, du 1ᵉʳ octobre 1815 au 1ᵉʳ octobre 1823, sur les variations barométriques dues aux actions de la Lune, il résulte que la variation diurne s'élève au plus, à Paris, à un dix-huitième de millimètre!

prépondérante aux syzygies (nouvelle ou pleine Lune), parce qu'elle agit de concert avec l'attraction du Soleil, mais encore les phases, en tant que phases, sont les causes des changements de temps.

Bien plus, l'heure exacte, précise, du jour et de la nuit, à laquelle arrive une phase déterminée, serait d'une haute importance sur les phénomènes météorologiques subséquents.

Pourquoi? Comment agissent les phases de la Lune? En quoi l'heure peut-elle modifier cette action! — *On n'a jamais pu savoir*, dirait un de mes amis. Le fait est que M. Mathieu n'en sait rien. C'est un *mystère*. Voilà ce qu'il appelle sa théorie!

Pour être juste, toutefois, disons que M. Mathieu reconnaît que la marche des météores est influencée non-seulement par la température, mais encore par la configuration du sol, par les montagnes et le cours des fleuves qui peuvent changer la direction des vents. » Pour peu qu'il veuille bien y joindre les variations magnétiques et électriques, les vents périodiques des régions équatoriales, les courants froids et chauds qui sillonnent l'Océan et dont l'influence sur l'état météorologique des côtes a été si bien démontrée, etc., etc., M. Mathieu sera dans le vrai. Mais alors il ne prophétisera plus, — je le crains fort, —les météores aqueux d'après les phases de la Lune. La *corrélation* et la *consécutivité horaires* ne lui seront plus d'un grand secours.

«Pour amener la pluie, dit-il, il faut le concours de plusieurs phases consécutives, commençant chacune à une certaine heure; c'est ce que je nommerai *la consécutivité horaire*. » Il donne le nom de *corrélation horaire* à un phénomène aggravant, dont il formule ainsi la loi : « *Sont corrélatives pluvieuses, si la continuité horaire est pluvieuse, toutes phases séparées les unes des autres par un nombre d'heures multiple de* 3. »

Et comment M. Mathieu *démontre-t-il* ce qu'il appelle des *lois?* En relatant une série de faits de corrélation et de consécutivité correspondant à des périodes pluvieuses et à des inondations. De théorie, je l'ai déjà dit, pas un mot. Il y a là une action mystérieuse. Il ne semble pas se douter d'abord qu'il est puéril de donner le nom de théorie à des groupes de faits, même quand ces faits semblent coïncider entre eux, lorsqu'on ignore entièrement la nature de la connexion qui les lie; puis, que pour formuler une loi empirique, — je m'empresse de dire que l'empirisme est le commencement de la science, — il est nécessaire de mettre en regard non-seulement les faits qui semblent vérifier la loi, mais encore tous ceux qui en approchent plus ou moins.

De 1798 à 1810, par exemple, — je prends la période citée par M. Mathieu, — il importait de connaître, pour une région déterminée, tous les cas de longues pluies et de les mettre en regard, soit des phases consécutives correspondantes, soit de leur corrélation horaire... M. Mathieu l'a-t-il fait?

Vraiment, il est curieux de voir, dans le même volume, donner le nom pompeux de *théorie*, de *loi*, à des séries plus ou moins artistement groupées de phénomèmes, et refuser le même titre à ce qu'on appelle la *formule de l'attraction.*

M. Mathieu ignore-t-il que la plus haute expression d'une loi, c'est sa *formule?* que la recherche des causes n'a pas de sens si elle ne s'entend de la corrélation de faits connus à d'autres faits anciens ou nouveaux? que cette corrélation est l'essence même de la loi, et que la théorie dont elle est l'objet arrive à sa perfection, le jour où elle parvient à se préciser, je le répète, dans une formule?

M. Mathieu fait suivre l'*Exposé succinct de sa théorie des météores* d'un assez grand nombre de prédictions météorologiques pour 1864. Je regrette de ne pouvoir les mettre sous les yeux des lecteurs. Mais l'auteur de ces prophéties, si dévoué au bien public, en interdit la reproduction. Je me bornerai donc à terminer par celle-ci dont il autorise, je ne sais pourquoi, la publication :

« Des quatre phases de la lune du mois de novembre, deux au moins seront pluvieuses. *La plus grande quantité d'eau tombera dans la dernière quinzaine.* »

Mais à prophète, prophète et demi ! Que M. Mathieu me permette de lui faire aussi ma prédiction :

Grâce à l'ignorance d'une bonne partie du public, à la complicité des grands journaux et à la connivence, au moins apparente, des *sommités scientifiques* dont il s'entoure, il vendra beaucoup d'almanachs. Mais d'ici à un ou deux ans, la Corrélation et la Consécutivité horaires, et la Théorie des météores aqueux aura été rejoindre les tables tournantes, les esprits médianimiques et frappeurs, et les escargots sympathiques !

AMÉDÉE GUILLEMIN.

Paris. — Imp. Poupart-Davyl et Ce, rue du Bac, 30.

BULLETIN BIBLIOGRAPHIQUE

LE CAPITAINE FRACASSE, par THÉOPHILE GAUTIER, 2 vol. Charpentier.
— Nous ne pouvons, dans ce bulletin sommaire, que constater l'éclatant succès du
Capitaine Fracasse. Ce livre est le chef-d'œuvre d'un homme habitué à faire des
chefs-d'œuvre. Jamais rien d'aussi pur ne s'est vu, et le grand poète des *Émaux et
Camées* a trouvé le moyen de surprendre même ceux qui sont habitués à n'attendre
que des merveilles de lui. L'émotion et l'amusement alternent dans ces pages éblouis-
santes et précises, où tout est visible, distinct et net. Une étude spéciale par M. Catulle
Mendès sera consacré au *Capitaine Fracasse*.

LES SAUTERELLES DE JEAN DE SAINTONGE, par ANDRÉ LEMOYNE,
1 vol. chez FAURE, rue de Rivoli. — André Lemoyne a trouvé le moyen de forcer
l'attention du public avec un petit livre de vers qui a bien 100 pages; il est vrai de
dire que tous les vers sont faits de main d'ouvrier et que pas un n'est inutile à la beauté
de l'ensemble. Aujourd'hui, voulant augmenter ses œuvres complètes, M. Lemoyne
publie un second volume appelé les *Sauterelles de Jean de Saintonge*. Le commencement du livre est en prose et la fin est en vers. Nous demandons la permission de ne
nous occuper que des vers. La prose de M. Lemoyne est aisée, charmante au possible,
mais après tout les vers sont des vers et priment la prose. Lisez *Renaissance*, *Fleurs
du chemin*, *Baigneuse* et *Sous les hêtres*, et vous retrouverez ce qui fait la force et
la grâce du talent de M. Lemoyne, le sentiment exquis et délicat de la nature et des
choses féminines.

LES ESPÉRANCES, par GEORGES LAFENESTRE, 1 vol. chez TARDIEU, rue de
Tournon. — Ce livre est le début d'un poète.

> Je suis de ces fous qui s'en vont rêvant
> Du printemps sans fin, d'amours éternelles ;
> Mes erreurs, tu vois, ne sont pas nouvelles,
> Le père au tombeau les lègue a l'enfant.

> Qu'y faire après tout ? Nous suivons le vent
> Comme la poussière et les hirondelles ;
> Mon corps a des pieds, mon âme a des ailes,
> Parfois je m'envole et rampe souvent.

> Dans ces vers troublés, si tu veux les lire,
> Tu dois retrouver plus d'un franc sourire,
> Les pleurs y sont vrais et tombès des yeux.

> L'auteur, pour le reste, est bien jeune encore,
> Ne demande pas de fruits à l'aurore ;
> L'homme qui grandit demain fera mieux.

Tel est le sonnet-préface du livre de M. Lafenestre, dont la devise *Spes et virtus*
indique la croyance et la fierté natives. La seule chose que l'on puisse reprocher à ce
volume, c'est la modestie de l'auteur; mais heureusement la modestie d'un poète n'est
pas chose sérieuse, et les poètes comme M. Lafenestre prouvent leur droit à l'orgueil
en faisant de beaux vers.

CAPRICES DE BOUDOIR, par ARMAND RENAUD, chez FERDINAND SARTORIUS,
rue Jacob, 1 vol. — Jamais on ne fera trop de vers. Voilà pourquoi nous sommes
joyeux chaque fois que nous apercevons la couverture d'un livre de poète. Les *Caprices
de boudoir* de M. Armand Renaud sont de jolis vers amoureux, pleins de grâce enfan-
tine, pleins de désir surtout. La femme y est souhaitée bien plus que possédée. Pour
M. Renaud, il n'existe pas de femme laide; toutes ont vingt ans; elles sont brunes ou
blondes, grandes ou petites, mais adorables sans exception. Il y a dans ce volume de
réjouissants et charmants désespoirs d'Ixion amoureux de la nue. L'œil veut avoir
des larmes, mais conserve toujours sa belle et pure transparence, et l'art n'a rien à
perdre dans tout cela.

CH. REVERT.

REVUE NOUVELLE

PARAISSANT LE 1er DE CHAQUE MOIS

ROMANS — NOUVELLES — VOYAGES — ÉTUDES LITTÉRAIRES ET ARTISTIQUES
ARTICLES DE GENRE — POÉSIES
CHRONIQUE DE LA QUINZAINE — REVUE DES THÉATRES
REVUE DES COURS
CORRESPONDANCES DES UNIVERSITÉS ÉTRANGÈRES — CAUSERIE SCIENTIFIQUE
BULLETIN BIBLIOGRAPHIQUE

La REVUE NOUVELLE s'adresse spécialement à la JEUNESSE DES ÉCOLES

RÉDACTEUR EN CHEF · ALBERT COLLIGNON

ON S'ABONNE

AUX BUREAUX, RUE SAINT-BENOIT, 17

CHEZ MADAME GAUT; L. MARPON, GALERIES DE L'ODÉON

A la photographie E. CARJAT, rue Laffitte, 56

ET CHEZ LE DIRECTEUR, RUE DE FLEURUS, 3

PRIX D'ABONNEMENT

PARIS		DÉPARTEMENTS	
UN AN..........................	5 fr.	UN AN..........................	6 fr.
SIX MOIS.......................	3	SIX MOIS.......................	4

ÉTRANGER, LE PORT EN SUS.

LES BUREAUX SONT OUVERTS DE 3 HEURES A 5 HEURES

Paris. — Imprimerie Poupart-Davyl et Cᵉ, rue du Bac, 30.